Dorothee Siebenbrodt / Einmal öffnet sich die Tür

Helene Harms.
502 Edison
Wpg 16, Man
R2G-0M4.

VICTOR JANZEN
Box 1509
Steinbach, Man.

DOROTHEE SIEBENBRODT

Einmal öffnet sich die Tür

CHRISTLICHES VERLAGSHAUS GMBH

STUTTGART

1971
6.—15. Tausend
Umschlaggestaltung: Franz Reins, Detmold
Gesamtherstellung: Druckhaus West GmbH, Stuttgart
ISBN 3 7675 0197 X

„Mensch, passen Sie doch auf! Hier auf der Fahrbahn können Sie nicht stehenbleiben", riß ein polternder Anruf Rudolf Herbst aus seinen verworrenen Träumen. Der hagere, lange Mann stolperte vorwärts bis an die Straßenbahnhaltestelle. Ein Pappköfferchen neben sich, den sauberen, aber viel zu kurzen Mantel über den mageren, breitschulterigen Körper gehängt, stand er eine Weile verloren herum. Straßenbahnen fuhren an und wieder ab. Menschen kamen und gingen. Er sah sie und sah sie nicht. Hilflos starrte er ins Leere.

„Warten Sie auf die Zehn?" hörte er die grobe, nicht unfreundliche Stimme neben sich.

„Ja — nein — ich weiß es selbst nicht. Die Stadt kommt mir so fremd vor. Ich war viele Jahre nicht hier."

Der Mann im blauen Overall hatte ein gutmütiges, von Gesundheit strotzendes Gesicht. „Vielleicht kann ich Ihnen helfen", ermunterte er. „In welche Straße möchten Sie denn?"

„In die Cäcilienstraße. Muß ich da nicht über die Ottershäuser Allee bis zum Stadtpark fahren?" fragte Rudolf Herbst.

„Ha", lachte der Mann, „Sie haben wohl recht lange und tief geschlafen! Die Ottershäuser Allee gibt es gar nicht mehr. Das heißt jetzt alles Stadtparkallee bis zum Museumsplatz. — Da ist die Zehn ja schon. Kommen Sie mit, wir fahren in die gleiche Richtung."

Gehorsam stieg Rudolf Herbst hinter dem Mann

im blauen Overall in den Straßenbahnwagen. Gehorsam zu sein, hatte er in den letzten zehn Jahren seines Lebens gelernt.

Viele gut angezogene Menschen saßen in der Straßenbahn. Er fand sich in seiner Aufmachung sehr ärmlich dagegen und konnte das Gefühl nicht loswerden, daß jeder ihm ansah, woher er kam. Beklommen drückte er sich in eine Nische. Den Koffer schob er zwischen seine Beine.

„Stellen Sie den man rauf", sagte sein Begleiter, „Sie haben über zwanzig Minuten Fahrzeit." Als Rudolf sich nicht rührte, nahm er selbst ohne Aufforderung das leichte Gepäckstück und legte es ins Netz.

„Talstraße, Richtung Friedrich-Wilhelm-Platz umsteigen!" rief die Schaffnerin aus.

Friedrich-Wilhelm-Platz? Dort war ja seine alte Schule! Sechs Jahre lang war er fast täglich an dieser Ecke vorbeigegangen, manchmal gemütlich schlendernd, meist aber im Eiltempo, um nicht zu spät zu kommen. Das nahm Direktor Weber sehr übel, so gut er sonst auch war. Er hatte in seinem Prozeß günstig für ihn ausgesagt, aber helfen hatte auch er ihm nicht können. Nichts und niemand hatte ihm helfen können.

„Früher sah es hier anders aus", wandte er sich an seinen Nachbarn. „Neben der Haltestelle war ein kleines Kino, und drüben auf der anderen Seite lag ein Trümmergrundstück."

„Ich glaube, Sie schlafen immer noch ein bißchen, junger Mann. Sehen Sie mal richtig hin! Das Kino ist noch da: Metropolpalast heißt es jetzt, ist ein bißchen großartiger geworden. Das achtstöckige Geschäftshaus auf dem ehemaligen Trümmergrundstück ist auch nicht von Pappe. Da staunen Sie, was? — Und nun passen Sie auf. Ich muß jetzt 'raus. Sie steigen an der nächsten Haltestelle aus und gehen gleich über den Fahrdamm in die Gartenstraße, die in die Siedlung führt. Dort erkundigen Sie sich am besten noch einmal. Die Straßen haben lauter Mädchennamen — Mann, werden Sie Augen machen! Wenn Sie so lange auf dem Mond gelebt haben, kennen Sie die Gegend nicht wieder."

Auf dem Mond gelebt? Nein, das nicht, aber doch weit fort von dieser sausenden, brausenden Wirklichkeit, dachte Rudolf Herbst mit tiefer Bitterkeit.

Die Straßenbahn hielt. Rudolfs Begleiter stand auf und legte zwei Finger an seinen Mützenrand. „Machen Sie's gut", sagte er und tauchte im Gedränge der Aussteigenden unter.

Dann war es soweit. Rudolf erhob sich schwerfällig und setzte zaghaft und tastend seine Füße auf die Erde. Hell umleuchtete ihn die noch warme Sonne der ersten Oktobertage. Die Umgebung der Haltestelle erschien ihm völlig fremd. Und doch mußte hier — nach Fahrzeit und Richtung gerechnet — der Hollfelderanger gewesen sein, auf dem er einst an windigen Herbsttagen mit Schulfreunden Drachen steigen ließ. Sollte das ganze Gelände inzwischen bebaut worden sein? Zehn Jahre sind eine lange Zeit, dachte er. Das Leben war davongestürmt — für die, die draußen waren und mitstürmen konnten. Für ihn hatte es stillgestanden, war abgestoppt worden, wie man eine Uhr stoppen konnte. Unwillkürlich sah er auf seine Armbanduhr, die er zurückerhalten hatte. Sonst besaß er nichts als die Sachen, die er auf dem Leib trug, die Wechselwäsche im Köfferchen und das wenige Geld, das man ihm ausgezahlt hatte. Es war jetzt 13 Uhr und 20 Minuten — und er war frei! Aber dieses Freisein ängstigte ihn im Augenblick mehr, als es ihn beglückte.

In der Gartenstraße trugen die Häuser Villen-Charakter. Links und rechts bogen Straßen ab. Er las: Marienstraße, Henriettenstraße, Cäcilienstraße. Es standen auf beiden Seiten hübsche Siedlungshäuser mit Vorgärten, in denen Herbstastern blühten. Rudolfs Schritte wurden immer langsamer. Nummer 5, Nummer 7, Nummer 9 — das nächste mußte es sein: Nummer 11. — Es war ein Siedlungshaus wie die anderen, hellgelb verputzt, mit einer Garage im Kellergeschoß und weißen, modernen Gardinen hinter den großen Fenstern.

Weit hatte er es gebracht, der Herr Stiefvater, das mußte man sagen! Auf dem blanken Messingschild am Türpfosten las er den Namen: „Oskar Dortschek, Generalvertreter." Den „General" wird er sich wohl dazuphantasiert haben, dachte Rudolf Herbst, das Aufschneiden hat er ja immer verstanden. Vielleicht gehört es zu seinem Beruf.

Wie ein Fremdkörper fühlte er sich in dieser geordneten Welt, und unentschlossen stand er lange vor dem Haus, das friedlich in der frühnachmittäglichen Herbstsonne dalag. Schon blickten ihn Vorübergehende neugierig an.

Eine junge Frau, die gemächlich einen Kinderwagen vor sich herschob, verlangsamte den Schritt. „Wollen Sie zu Frau Dortschek?" Rudolf nickte. „Sie hatte heute Nachtschicht und ist bestimmt zu Hause. Klingeln Sie nur. Wenn sie schlafen sollte, macht Sonja auf."

Ach, Sonja! Die kleine Stiefschwester hatte er vollkommen vergessen. Wie alt mochte sie jetzt sein? Neun Jahre? Oder schon zehn? Er wußte es nicht genau.

Die junge Frau war längst weitergegangen, als er es endlich wagte, auf den Klingelknopf zu drücken. Kleine, hüpfende Schritte wurden hörbar. Die Tür öffnete sich einen Spalt.

„Wir geben nichts", ertönte eine hohe Kinderstimme, „und kaufen tun wir auch nichts."

„Du sollst mir nichts geben, und zu verkaufen habe ich auch nichts", sagte Rudolf Herbst.

Der Spalt wurde etwas breiter, und eine schlanke Kindergestalt schob sich heraus. Altkluge Augen musterten den Fremden von oben bis unten. „Was wollen Sie denn?"

„Ich möchte deine Mutter sprechen."

Das Kind legte den Finger auf den Mund. „Mutti schläft. Wenn ich sie wecke, kriegt sie Migräne und ich Schimpfe."

In Rudolf stieg gegen seinen Willen eine kleine weiche Regung auf. So war sie schon früher gewesen. Weckte man sie aus dem Schlaf, konnte sie leicht böse werden.

„Dürfte ich bei dir im Hause warten, bis deine Mutti aufwacht?"

Des Kindes Augen wurden mißtrauisch.

„Ich weiß ja gar nicht, wer Sie sind. Sie müssen mir zuerst Ihren Namen sagen."

„Ich heiße Rudolf Herbst und bin" — fast hätte er gesagt: „dein Bruder." Aber er brach ab.

„Dann sind Sie — sind Sie vielleicht das schwarze Schaf?"

Eine jähe Röte überflutete das Gesicht des Mannes.

Seine Hände umklammerten den Griff des Köfferchens. Er machte unwillkürlich eine Wendung, als wollte er davonstürmen. Aber das Kind hielt ihn jetzt zurück.

„Sie brauchen gar nicht so böse auszusehen. Das hat Pappi bloß mal so gesagt — und der sagt viel im Spaß", versuchte sie ihn zu beschwichtigen. „Ich weiß, daß Mutti manchmal einen Brief von Ihnen gekriegt hat — und dann hat sie immer geweint. Kommen Sie ruhig 'rein, Sie können in der Küche warten. Pappi kommt erst abends, und ich mache jetzt Schularbeiten. — Könnten Sie mir vielleicht ein bißchen dabei helfen?" fragte sie, zutraulich werdend, und nahm Rudolfs Köfferchen auf. Zögernd folgte er ihr ins Haus.

Die mit buntlackierten Möbeln eingerichtete Küche enthielt alles, was sich eine Hausfrau wünschen konnte: Kühlschrank, Waschmaschine, elektrischen Herd, eine Eckbank mit roten Plastikbezügen. An dem Tisch davor schien das Kind gearbeitet zu haben. Hefte und Bücher lagen auf der Platte verstreut. — Ja, das war allerdings etwas anderes als die kleine, schräge Mansardenbude, in der er in den Jahren nach dem Krieg mit seiner Mutter gehaust hatte. Und doch, wie gemütlich und heimelig war jene Küche gewesen, mit der Chaiselongue in der Ecke, auf der sich die Mutter abends nach der Arbeit ausruhte, wenn er am Tische saß und Hausaufgaben machte und bastelte und ihr dabei seine kleinen Erlebnisse aus der Lehre erzählte. Den ganzen Tag über hatte er sich immer auf diese Abendstunde gefreut. Dieser Raum hier wirkte so fremd. Seine Finger strichen über die kühle, glatte Fläche des Anrichteschrankes.

„Schöne Möbel habt ihr", sagte er zu dem Kind.

„Das will ich wohl meinen — alles neue Sachen — haben eine Menge Geld gekostet." Wieder trat ein altkluger Ausdruck in das Kindergesicht, der es über seine Jahre reif erscheinen ließ.

„Pappi hat überall Beziehungen, wir kriegen alles zu Einkaufspreisen. — Aber wollen Sie nicht Ihren Mantel ausziehen? Wenn wir zusammen Schularbeiten machen, wird es Ihnen bestimmt zu heiß hier."

Zögernd folgte Rudolf dem Kind und hängte seinen Mantel in der Flurgarderobe auf. Mit gedämpfter Stimme erklärte ihm Sonja die Wohnung. „Die Tür führt zum Wohnzimmer. Da hinein darf man aber nur mit Hausschuhen", fügte sie mit einem Blick auf Rudolfs ausgetretene Straßenschuhe hinzu. „Hinter der Wohnstube liegt das Schlafzimmer von Pappi und Mutti und von dem aus kommt man auf die Terrasse. Ich schlafe im Kinderzimmer. Wollen Sie es sehen?"

Der Raum war klein. Im Gegensatz zur Küche wirkte er dürftig. Hier feierte Rudolf ein seltsames Wiedersehen. „Das Bett!" flüsterte er mit trockenen Lippen vor sich hin. Das kleine Persönchen war neben ihn getreten. „Ich schlafe in dem Kinderbett dort am Fenster. Das große Bett gehörte früher mal meinem großen Bruder. Mutti hat es mir erzählt. Pappi sagt, er ist tot, und dann weint Mutti immer. — Vor ein paar Tagen hat Pappi gemeint, mein Kinderbett sei bald zu klein für mich, ich solle nun in dem großen schlafen. — Aber was haben Sie denn? Weshalb sehen Sie das Bett so komisch an? Ich finde auch, daß es ein bißchen alt und häßlich aussieht neben den neuen Sachen. Wir werden es streichen und lackieren lassen, sagt Pappi."

So, so — neu streichen und lackieren lassen, damit

auch die letzte Erinnerung an den Ausgestoßenen verwischt wird, dachte der Mann verbittert.

Doch Sonja ließ keine Gesprächspause aufkommen. „Wenn wir noch mit den Schularbeiten fertig werden wollen, bis Mutti aufwacht, müssen wir uns beeilen. Ich habe einen dummen Aufsatz auf: ‚Die Gärten im Herbst.' Damit wollen wir anfangen." Sie führte den Gast in die Küche zurück und machte eine einladende Bewegung in Richtung der Eckbank. „Das beste wäre vielleicht, Sie diktierten. So würde es am schnellsten gehen", versuchte sie ihn zu überzeugen.

Die Gärten im Herbst? Er hatte ja keine Gärten gesehen — zehn Jahre lang. Heute war er wohl an ihnen vorbeigegangen, aber seine Augen hatten ihre Schönheit nicht wahrgenommen.

„Im Herbst blühen viele bunte Blumen in den Gärten: Astern, Dahlien, spanische Kresse", begann er, stockte aber dann und schwieg.

„Weiter wissen Sie nichts?" Enttäuscht legte das Kind den Füller aus der Hand und versuchte dem Fremden klarzumachen, wie der Lehrer sich diesen Aufsatz dachte. Schließlich einigte man sich auf gemeinsame Formulierungen.

Das Rechnen glückte weit besser. Die leichten Aufgaben bereiteten Rudolf keine Schwierigkeiten. „Rechnen können Sie", lobte Sonja. „Schade, daß Sie nicht immer mit mir arbeiten werden. Pappi sagt, ich soll Ostern auf die Oberschule. Vorher muß ich aber eine Prüfung machen, und niemand hilft mir bei den Schulaufgaben. Pappi ist immer weg, und Mutti arbeitet. Wenn sie Nachtschicht hat, muß sie am Tag schlafen, und wenn sie Tagschicht hat, gibt sie den Schlüssel bei Fräulein Schulte ab. Die wohnt oben im Haus und paßt auf mich auf. Sie ist Lehrerin. Wenn ich mittags den Schlüssel hole, sagt sie: ‚Du kannst mit deinen Schularbeiten kommen, wenn du etwas nicht verstehst, mein Kind.' Aber ich gehe nicht, sie ist eklig."

„Und wer gibt dir mittags was zu essen?" erkundigte sich Rudolf.

„Och, Mutti setzt mir immer Pudding hin, den mag ich sowieso lieber als alles andere."

So siehst du auch aus — wie ein Kind, das nur Pudding ißt, ging es dem Mann durch den Kopf. Wie gut hatte er es gehabt, als er so alt war wie das Mädchen an seiner Seite! Er wohnte damals mit seinen Eltern in der schönen Dienstwohnung neben dem Gaswerk, in dem sein Vater Meister war. Die Mutter hatte es in jenen Jahren nicht nötig gehabt, zu arbeiten, sie war nur für Mann und Kind da. Und wenn er in der Schule etwas nicht verstanden hatte, so wandte er sich an seinen Vater. Vertrauensvoll hatte er sich an dessen Knie gelehnt, wenn er ihm etwas erklärte oder ihn tröstete über kleine kindliche Mißgeschicke. Ja, er hatte all das besessen, was ein Kind braucht: Liebe, Frieden und Geborgenheit. Vater, ach Vater, warum hast du mich so früh verlassen? Aber vielleicht ist es gut so für dich. Du hattest so grenzenloses Vertrauen, so große Hoffnungen auf mich gesetzt. Wie hättest du die schwere Enttäuschung ertragen sollen? Aber ich hätte sie dir ja gar nicht bereitet! Vater — ich habe ja nichts Böses getan. Alles ist ein großer, verhängnisvoller Irrtum, ein Irrtum, den mir niemand glauben will. Aber du — du hättest mir geglaubt.

„Sie hören ja nicht hin, wenn ich etwas sage. Wir

müssen noch Heimatkunde lernen. Dann sind wir fertig."

„So, Heimatkunde — gib dein Buch her." Aus weiter Ferne kehrte Rudolf Herbst in die Wirklichkeit zurück.

„Sonja, Sonni, setz das Kaffeewasser auf!" erklang eine verschlafene Stimme. Rudolf fuhr zusammen und blickte das Kind wie hilfesuchend an. Sonja stand auf und ging an den Herd. „Sie brauchen keinen Schreck zu kriegen, Mutti ist gar nicht so", beruhigte ihn die Kleine, setzte den Wassertopf auf den Herd und holte die Tassen aus dem Küchenschrank. „Sie trinken eine Tasse mit", erklärte sie freundlich, „ich werde Mutti sagen, daß Sie mir geholfen haben."

Die Tür tat sich auf, im Rahmen erschien eine Frau im lilaseidenen Morgenrock. Ja, war denn das seine Mutter? — Rudolf hatte aufspringen wollen, aber es war so, als hielten ihn schwere Gewichte auf seinem Platz fest. Sein blasses Gesicht wurde kalkweiß. Die Frau in der Tür stieß einen Schrei aus und fuhr sich mit beiden Händen an den Kopf, als wollte sie ihre wirren, blonden Locken in Ordnung bringen. Ja — doch — es war seine Mutter! So, genau so hatte sie es immer gemacht, wenn plötzlich ein unerwarteter Gast auftauchte und sie sich schnell noch ein wenig verschönern wollte.

Die dunklen Augen der kleinen Sonja gingen vom einen zum anderen. „Wollt ihr euch denn nicht guten Tag sagen?" fragte sie endlich, „ihr kennt euch doch — er ist doch das schwarze —"

„Still, Sonja, augenblicklich schweigst du!" fuhr Erika Dortschek ihre Tochter an. „Ich — ja, guten Tag, Rudolf — sei nicht böse — aber es kommt so überraschend! — Bleib doch sitzen! Ich komme gleich wieder, ich will mich nur schnell anziehen. Und du, Sonja, decke ordentlich den Tisch, koche Kaffee, aber starken, hörst du?"

Als Erika Dortschek wieder über die Schwelle trat, sah sie fast so aus wie früher. Rudolf Herbst wußte nichts von der Wirkung kosmetischer Mittel. Für ihn hatte es zehn Jahre lang keine weiblichen Wesen gegeben. Daß eine unnatürliche Veränderung mit der Frau, die vorher etwas schwammig und bleich, mit wirren Haaren in der Tür gestanden hatte, vorgegangen war, erkannte aber selbst sein ungeschultes Auge. Er erhob sich und reichte seiner Mutter die Hand. Leblos und kalt lagen die beiden Hände ineinander.

„Nimm doch wieder Platz", sagte dann Erika Dortschek verlegen — „und du, Sonja, bring den Kaffee."

Die erste Tasse wurde schweigend geleert. Wärme durchrieselte Rudolfs Körper. „Greif doch bitte zu." Frau Dortschek reichte ihrem Sohn Brot und Butter. Ungeschickt griff er nach dem Messer. „Ich weiß nicht, ich habe keinen Appetit."

Flink nahm ihm die Mutter das Brot aus der Hand. „Ich werde es dir zurechtmachen. Sonja, schau in den Kühlschrank. Es muß noch Salami drin sein, bring sie bitte her." Sie belegte das Brot dick mit Wurst und schob es dem Sohn zu. Rudolf würgte es in der Kehle — so, genauso hatte sie es früher gemacht. Mechanisch biß er in das Brot und merkte plötzlich, wie hungrig er war. Er hatte nichts zu sich genommen außer der trockenen Semmel am Morgen in der Bahnhofswirtschaft. „Noch eins? Siehst du, es geht schon."

Das zweite Brot verschwand und auch das dritte,

aber dann wehrte er ab. „Danke, ich mag nicht mehr."

„Wie geht es dir?" fragte Erika Dortschek scheu. Rudolf zuckte die Achseln. Mager und hilflos lagen seine Hände auf der Tischplatte, die Arme ragten ein Stück aus den zu kurz gewordenen Ärmeln heraus. Eine unbehagliche Stille breitete sich zwischen den drei Menschen aus. Selbst die lebhafte Sonja war verstummt.

„Räume das Geschirr ab und spüle", gebot die Mutter und wandte sich dann wieder an den Sohn, der sie aufmerksam betrachtete.

„Dir scheint es gut zu gehen", sagte er schließlich.

„Ja, danke, ich kann mich nicht beklagen." Die Frau lächelte, und viele kleine Fältchen, die früher nicht da waren, erschienen um ihre Augen. „Du siehst ja, daß wir gut vorwärtsgekommen sind. Komm mit, ich werde dir die Wohnung zeigen." An der Schwelle des Wohnzimmers zögerte Rudolf, weil er sich an Sonjas Worte erinnerte. „Tritt nur ruhig ein, übermorgen ist Samstag, da putze ich gründlich", ermunterte die Mutter.

Der mittelgroße Raum war nach dem Durchschnittsgeschmack der Zeit eingerichtet: Couch, Sessel, ein imitierter Perser, die Hausbar mit funkelnden Gläsern, deren Bild eine im Innern angebrachte Spiegelscheibe verdoppelte, und der Fernsehapparat. Alles war vorhanden. Den Augen des Mannes, die in den langen Jahren an das düstere Grau der Zelle gewöhnt waren, schien es eine unerhörte Pracht. „Oskar verdient gut, und er läßt es an nichts fehlen — nebenan unser Schlafzimmer ist noch moderner." Erika Dortschek stand schon an der Tür, die ins Nebenzimmer führte.

„Laß nur", wehrte Rudolf ab, und eine steile Falte grub sich in seine Stirn, „ich habe genug gesehen." Nach einer Weile fügte er zögernd hinzu: „Weshalb arbeitest du noch, wenn dein Mann so gut verdient?"

„Ach, das ist nicht der Rede wert." Erika Dortscheks Stimme klang etwas verlegen. „Es handelt sich mehr um eine Gefälligkeit, weißt du, eine Gefälligkeit gegen den Geschäftsführer der Fabrik, mit dem Oskar befreundet ist. Es fehlte eine Aufsicht in der Frauenabteilung, und da bin ich eingesprungen — wie gesagt, aus Gefälligkeit."

„Pappi sagt, bis wir den Fernsehapparat und das Auto abgezahlt haben, kannst du ruhig auch was tun", krähte Sonjas helle Stimme aus dem Hintergrund.

Frau Erika wandte sich um. Hektische Röte stieg ihr ins Gesicht. „Sonja, vorlautes Mädchen, wie oft muß ich dir sagen, daß du nicht dazwischenreden sollst, wenn Erwachsene sprechen", zischte sie das Kind an. „Selbstverständlich hat das alles hier viel gekostet, bis es Oskar so hatte, wie es für ihn und seine Position nötig ist", wandte sie sich an den Sohn und führte ihn in die Küche zurück.

Und wieder breitete sich die unbehagliche Stille aus. Weshalb fragt sie mich denn nicht, was ich nun anfangen will? Sie müßte mich doch danach fragen. Sie ist doch meine Mutter! Fühlt sie es nicht, wie hilflos und verlassen ich jetzt dem Leben gegenüberstehe? Eine Mutter müßte es doch fühlen, grübelte der Mann. Wagt sie es vielleicht nicht in Gegenwart des Mädchens? Des Mädchens, das meine Schwester ist, ohne es zu wissen? Sollte es nicht möglich sein, das Kind unter irgendeinem Vorwand fortzuschicken? Wann sollen wir sonst miteinander sprechen? Am Abend, wenn der Mann nach Hause kommt, ist es doch noch schwieriger — und ich möchte es dann auch nicht. Morgen wird sie zur Arbeit gehen — und ich? Was werde ich morgen tun? Was ist das überhaupt: morgen?

Es wurde langsam dämmerig in der Küche, und Rudolf Herbst bemerkte, wie sich seiner Mutter eine Unruhe bemächtigte. Sie stand auf und begann zu räumen. „Weißt du", sagte sie endlich, „wir halten es immer so, daß Sonja ihr Abendbrot ißt, bevor ihr Vater nach Hause kommt. Er ist abends müde und abgespannt und hat es deshalb lieber, daß das Kind schon im Bett ist, wenn er heimkommt."

„Sie könnten doch mit mir Abendbrot essen", schlug Sonja vor und rückte zutraulich etwas näher an den Mann, der ihr gar nicht mehr fremd war, nachdem sie mit ihm Schularbeiten gemacht hatte. „Fein wäre das! Zu zweien schmeckt es besser. Ich mag nämlich gar nicht gern essen, wissen Sie."

„Halten wir es doch so", stimmte Frau Erika eifrig zu und fing sogleich an, das Abendbrot zu richten. Trotz der Versicherung des Kindes und der guten Dinge, die die Hausfrau auftrug, wollte es den beiden Tischgenossen nicht recht schmecken, und sie waren froh, als die kleine Mahlzeit beendet war.

„Jetzt ist es Zeit für dich, Sonja", mahnte die Mutter.

Zögernd stand die Kleine an der Tür. „Und Herr Herbst?" fragte sie.

Wieder schoß eine Röte in das Gesicht der Frau. „Ja, Rudolf, ich dachte schon, du bist vielleicht sehr müde. Du siehst jedenfalls so aus. Wie wäre es denn,

18

wenn du jetzt auch bald schlafen gehen würdest? Dein Bett —"

Erschrocken hielt sie inne, aber Sonja griff den Gedanken begeistert auf. „Das Bett von meinem toten Bruder steht ja jetzt leer! Au fein, schlafen Sie da heute nacht, ja? Dann können Sie mir noch was erzählen. Es ist immer langweilig, wenn ich so früh ins Bett muß und nicht schlafen kann."

Bevor es Rudolf recht wußte, was er dazu sagen sollte, war seine Mutter schon dabei, frisches Bettzeug zu holen. „Zieh dich schnell aus, Sonja, damit du im Bett bist, wenn Herr Herbst kommt. Und du, Rudolf, geh doch bitte ins Badezimmer. Handtuch und Seife lege ich dir zurecht." Als er zögerte und unschlüssig an der Tür stand, raunte sie ihm noch zu: „Es ist besser so, glaub es mir. Ich muß erst mal allein mit meinem Mann sprechen — außerdem erwarten wir heute abend Gäste zum Fernsehen — wie sollte ich das — was sollte ich denen —"

Sie ließ den Satz unbeendet und biß sich auf die Lippen. „Komm schon, Rudolf, ich bitte dich!" Ein flehentlicher Blick begleitete diese Worte. Stumm fügte er sich.

„Ich bin drin", rief Sonja aus dem Kinderzimmer, „kommen Sie jetzt bald?"

„Ja, gleich", entgegnete Rudolf Herbst und blieb trotzdem mitten in der Küche stehen. Wortlos standen sich Mutter und Sohn gegenüber, das erste Mal allein. „Mein Junge", begann Frau Erika stockend, „ich weiß, es ist alles furchtbar schwer für dich. Aber auch für mich ist es nicht einfach. Du mußt das doch verstehen. Laß mir bitte ein wenig Zeit."

„Schon gut", unterbrach Rudolf sie mit heiserer Stimme.

„Mein Junge — ich wünsche dir eine gute Nacht — und morgen werden wir weitersehen." Sie streckte ihre Hand nach ihm aus.

Wie ein Stock stand Rudolf vor ihr, die ausgestreckte Hand schien er nicht zu sehen. Dann drehte er sich um und ging mit schleppenden Schritten zur Tür. „Gute Nacht." Das Wort Mutter brachte er nicht über die Lippen.

Wie oft hatte er sich in den ersten Jahren seiner Haft, wenn er sich nach dem endlos langen, gleichförmigen Arbeitstag auf seinem harten Lager ausstreckte, nach diesem Bett gesehnt. Er schlug die Decke zurück. Ein weiß bezogenes Federbett! Gab es das wirklich? Müdigkeit überkam ihn. Ach, jetzt einschlafen können, auf der Stelle tief und fest einschlafen können, versinken hinein in das wohltuende, dunkle Nichts, in dem es keine quälende Erinnerung gab und keine Angst vor der Zukunft! Und morgen früh wieder erwachen können zu fröhlichem Schaffen, leben können, wie die anderen lebten, ohne all das, was ihm wie ein wirrer, böser Traum erschien! Würde ihm solch ein Glück noch einmal beschieden sein?

An das Kind im Nachbarbett hatte er gar nicht mehr gedacht, bis es sich selbst in Erinnerung brachte. „Hören Sie mal, gleich einschlafen, das gibt es aber nicht", erklang die helle Stimme. „Sie sollen mir doch etwas erzählen."

„Was denn? Ich weiß nichts, ich weiß bestimmt nichts, was dich interessieren könnte."

„Sie sind doch auch mal klein gewesen. Denken Sie

nach, dann finden Sie schon das Richtige. Märchen oder eine Geschichte oder was Selbsterlebtes, ganz gleich was."

„Es war einmal ein Junge", fing er zaghaft an.

„Na, sehen Sie, Sie können es. Also los, was war mit dem Jungen?"

„Er war eigentlich ein ganz glücklicher kleiner Junge. Er wohnte mit seinem Vater und seiner Mutter in einem hübschen Haus mit einem Garten drum herum. Der Vater war ein großer, stattlicher Mann mit guten braunen Augen. Abends nahm er seinen Sohn zu sich und erzählte ihm Geschichten, solange der noch klein war. Später machte er mit ihm Schularbeiten. An Sonntagen wanderte er mit ihm in den Wald."

„Au fein", sagte Sonja, „früher hatten wohl die Väter noch Zeit?"

„Dieser Vater jedenfalls hatte Zeit für seinen Jungen", entgegnete Rudolf. „Die Mutter des Jungen war eine sehr schöne, junge Frau mit blonden, lockigen Haaren —"

„Die sahen sicher so schön aus, wie Muttis Haare, wenn sie vom Friseur kommt", kommentierte Sonja. „Doch nun weiter."

„Der Vater hatte die Mutter sehr lieb und erfüllte ihr jeden Wunsch. Aber ein böser Krieg kam über das Land, und alles wurde anders. Der Vater mußte in den Krieg ziehen, als der Sohn neun Jahre alt war."

„So wie ich", warf Sonja ein.

„Ja. Der Vater machte noch einen letzten, schönen Spaziergang mit dem Sohn. Dabei sagte er ihm: ,Du mußt jetzt gut auf deine Mutter aufpassen, hörst du? Du mußt doppelt lieb zu ihr sein, und du mußt ihr helfen, wann und wo du es kannst. Versprichst du mir das?"

„Hat er es versprochen?"

„Ja, und er hat es auch gehalten, so gut er konnte. Manchmal war das gar nicht so leicht. Der Krieg wurde sehr schlimm und grausam, und die Stadt, in der Mutter und Sohn lebten, wurde zerstört. Weißt du, es kamen Flieger und warfen aus der Luft Bomben. Da, wo sie niedergingen, stürzten die Häuser ein oder verbrannten. Viele Menschen kamen um."

„Die Mutter und der Junge auch?" fragte Sonja atemlos.

„Nein, sie blieben am Leben, aber sie verloren ihr schönes Heim und alle ihre schönen Sachen und mußten in ein kleines Dachkämmerchen zu fremden Leuten ziehen. Doch das war noch nicht das Schlimmste. Eines Tages kam keine Post mehr vom Vater. Sie warteten beide und warteten und hatten große Angst. Dann erreichte sie ein Brief, in dem stand, daß der Vater vermißt sei."

„Was heißt: vermißt?" fragte das Kind und richtete sich im Bett auf.

„Das heißt, daß sie nichts wieder von ihm hörten."

„Niemals, niemals wieder?" forschte die Kleine.

„Nein, niemals."

„Und was taten nun die Mutter und der Junge?"

„Die Mutter mußte arbeiten gehen, und der Junge ging in die Schule."

„Wie bei uns", stellte Sonja verständnisvoll fest. „Hatte er auch keinen Menschen, der ihm bei den Schularbeiten half?"

„Er brauchte keine Hilfe, er war ja schon älter, als

du heute bist, und kam dann bald in die Lehre. Abends, wenn er nach der Arbeit heimkehrte, war es sehr gemütlich. Es gab zwar nicht viel zu essen, und manches liebe Mal mußten Mutter und Sohn sogar hungern, aber sie waren beieinander und hofften, daß der Vater vielleicht doch noch heimkommen würde."

„Hat er seiner Mutter auch gut zur Seite gestanden?" wollte Sonja wissen.

„So gut er konnte. Er brachte ihr seinen ganzen Lohn. — Wenn er ausgelernt haben würde, hoffte er genug zu verdienen, daß die Mutter nicht mehr so viel zu arbeiten brauchte. So hatte er sich das ausgedacht, und er war zufrieden dabei."

„Die Mutti auch?" forschte das Kind.

„Ich glaube es nicht. Sie war noch so jung, und hübsch war sie auch. Sie hatte wohl große Sehnsucht nach ihrem Mann, vielleicht noch mehr nach einem besseren Leben. Denn viele schöne Sachen konnten sich die beiden nicht leisten, dafür hatten sie kein Geld. — Als der Krieg vorbei war, dauerte es gar nicht lange, da gab es wieder viele gute Dinge zu kaufen — wenn man Geld hatte. Und dann — ach, jetzt möchte ich nicht weiter erzählen —"

„Seien Sie doch nicht so — gerade wenn es spannend wird, wollen Sie aufhören. Sie machen es genau wie Mutti, wenn ich abends eine Geschichte lese. Mittendrin sagt sie: ‚Schluß jetzt, hör auf, Pappi kommt bald. Du mußt schnell zu Bett!' — Ich weiß übrigens gar nicht, wo er heute abend bleibt? Er müßte doch schon längst dasein. — Also schnell, erzählen Sie weiter, nachher geht es nicht mehr, dann hört er uns, klopft an die Tür und ruft: ‚Ruhe! Schlafen! Kleine Kinder brauchen viel Schlaf.' Als ob ich noch so klein wäre! Also bitte, wie ging es weiter?"

„Eines Tages kam ein fremder Mann ins Haus und setzte sich zu den beiden, Mutter und Sohn, an den Tisch. Er war sehr freundlich zu dem Jungen, der unterdessen schon ein junger Mann geworden war und gerade seinen ersten Gesellenlohn verdient hatte. Stolz und glücklich hatte er ihn der Mutter auf den Tisch gelegt."

„War es viel Geld?" erkundigte sich Sonja interessiert.

„Sehr viel noch nicht, aber er rechnete sich schon aus, wie lange er brauchen würde, um für seine Mutter einen Küchenschrank anschaffen zu können. Seine Kameraden fingen damals gerade an, sich Motorräder zu kaufen. Die meisten von ihnen hatten nicht so viel verloren im Krieg wie er, oder es war ein Vater da, der gut verdiente. Er hätte auch gern ein Motorrad gehabt. Auf dem Heimweg des Abends stand er manchmal vor einem Geschäft und sah sich die blitzenden Räder an. Im Geist suchte er sich auch mal eines aus. Aber er biß die Zähne zusammen und ging weiter, weil er zuerst an seine Mutter denken wollte, wie er es dem Vater versprochen hatte.

Der fremde Mann kam dann immer häufiger, und der Junge bemerkte, daß die Mutter es ganz gern sah, wenn er des Abends nicht mehr zu Hause blieb. Sie redete ihm sogar zu, ins Kino zu gehen oder sich mit seinem Freund zu treffen."

„Hatte er denn einen Freund?"

„Ja, der Freund hieß Hans, war schon etwas älter und in den Augen des Jungen ein welterfahrener

Mann, der viel Geld verdiente. So kam es, daß der Junge immer öfter bei ihm saß und immer seltener zu Hause war. Aber weißt du, so recht wohl fühlte er sich nicht dabei. Ihm fehlte etwas, was er früher gehabt hatte und was er sehr vermißte."

„War denn außer der Mutti kein Mensch da, der ihn richtig liebhatte?" fragte die Kinderstimme.

„Doch, da war jemand — aber das ist eine so traurige Geschichte, daß ich sie einem kleinen Mädchen nicht erzählen möchte."

„Bitte, weiter erzählen. Ich mag Geschichten gern, bei denen man weinen muß", sagte Sonja ernsthaft.

„Es ist auch zum Weinen. Da war nämlich ein alter Onkel Julius und seine Frau, die Tante Frida. Zu denen ging der Junge immer, wenn es ihm kalt und traurig ums Herz war, und sie machten es ihm warm und schön. Sie sprachen mit ihm auch über seinen Vater, denn sie waren eigentlich Onkel und Tante des Vaters. Der Onkel besaß ein Haus vor der Stadt. Um seinem einzigen Sohn, der ein eigenes Geschäft eröffnen wollte, zu helfen, verkaufte er das Anwesen. Es wurde ihm nicht leicht, sich davon zu trennen. In Gegenwart des Jungen wurde öfter darüber gesprochen.

Eines Abends kam der Junge von der Arbeit heim. Er wunderte sich, daß er den Bekannten seiner Mutter, der ihm immer fremd geblieben war, schon antraf, viel früher als sonst. An diesem Abend eröffnete ihm der Mann, daß er die Mutter heiraten wolle.

Wie vom Blitz getroffen stand der Junge da. Der Mann brach in schallendes Gelächter aus. Weißt du, wenn er lachte, klang es, als wenn ein Pferd wieherte. ‚Nu sieh einer den Jungen an — läuft anscheinend mit verbundenen Augen in der Welt herum', spöttelte er und legte seinen Arm um die Schulter der Mutter.

Der Junge konnte kein Wort herausbringen, er sah die beiden nur stumm an. Der Mann war einen halben Kopf kleiner als seine schöne, schlanke Mutter, die ihn vor Verlegenheit nicht anschauen konnte. Schließlich machte sie sich frei und ging auf ihren Sohn zu. Sie legte ihm die Hand auf den Arm, aber er schüttelte sie ab. ,Und Vater? Du bist doch verheiratet', stieß er hervor.

,War verheiratet', wieherte das Männlein. ,Der Antrag auf die Todeserklärung läuft schon. So bald es möglich ist, wird geheiratet. — Und nun, mein Junge, mach es deiner Mutter nicht schwer. Das Leben hier in dieser Bude ist wirklich nicht länger zumutbar, das mußt du doch einsehen. Sei kein Spielverderber! Ich habe eine Flasche Wein mitgebracht. Wir wollen heute abend feiern.'

Aber der Junge mochte nicht. Er mußte immer wieder an seinen Vater denken, seinen großen, stattlichen, guten Vater. Er konnte seine Mutter nicht ansehen, die, wie er meinte, nicht nur ihn, sondern auch diesen Vater verraten hatte, um aus der Bude herauszukommen, in der er, trotz aller Dürftigkeit, zufrieden gewesen war. Er nahm seine Mütze und seinen Mantel und stürzte davon. ,Auf mich braucht ihr heute abend nicht zu warten — den Schlüssel nehme ich mit', rief er den beiden zu."

Rudolf Herbst hörte ein leises Schluchzen aus dem Kinderbett. „Es ist sehr traurig", sagte Sonja und schneuzte sich heftig. „Sicher lief er zu seinem Onkel und zu seiner Tante."

„Ja, das tat er. Aber sie hatten an diesem Abend keine Zeit für ihn. Der Käufer des Hauses war gerade da und brachte die Anzahlung. Eine Menge Geldscheine lagen auf dem Tisch. Als der Junge in die Tür trat, wollte der Käufer die Geldscheine schnell zusammenraffen, aber Onkel Julius sagte: ‚Lassen Sie das Geld ruhig liegen. Es ist mein Neffe, das heißt der Sohn meines vermißten Neffen, vor ihm haben wir keine Geheimnisse.'

Der Onkel nahm einen Zwanzig-Mark-Schein vom Tisch und schenkte ihn dem Jungen. ‚Nimm das und mach dir einen vergnügten Abend', sagte er herzlich. ‚Du hast bis jetzt wenig von deiner Jugend gehabt, eigentlich nur Arbeit und Sorgen.'

Weil der Junge merkte, daß er auch hier störte, verabschiedete er sich sofort. Er hätte ja in Gegenwart eines Fremden doch nicht von dem sprechen können, was ihn bedrückte. An der Tür hörte er noch, wie Tante Frida sagte: ‚Schließ das Geld in den Sekretär ein, Julius. Morgen früh bringst du es sofort zur Bank.'

Dazu ist es aber dann nicht gekommen. Am anderen Morgen war das Geld fort und Onkel Julius tot. Ein Einbrecher hatte ihn niedergeschlagen und beraubt. Auch die Tante war niedergeschlagen worden, sie war aber am Leben geblieben."

Sonja schrie auf. „Wer hat das getan, wer war der böse Mensch?"

„Alle Leute behaupteten, der Junge habe es getan."

„Das ist nicht wahr, das ist unmöglich."

„So sagte auch der Junge. Er beteuerte es, beteuerte es immer wieder, beschwor es vor der Polizei — es glaubte ihm niemand. Er war ja der einzige, der von dem Geld wußte."

„Niemand glaubte ihm? Auch seine Mutter nicht?"

„Ach, seine Mutter. Sie weinte und verzweifelte — und ließ sich von ihrem neuen Mann trösten."

„Herr Herbst", kam es erregt aus dem Kinderbett. „Ist das eine wahre Geschichte?"

„Ja — nein — doch —", stotterte der Mann.

„Wenn das alles wahr ist, weshalb haben Sie es nicht so den Leuten von der Polizei erzählt? Sie wußten doch, daß der Junge unschuldig war?"

„Ich habe es erzählt."

„Und man hat es Ihnen nicht geglaubt?"

„Man hat es mir nicht geglaubt."

In diesem Augenblick wurde die Korridortür geräuschvoll geöffnet.

Das Kind verstummte sofort. „Pappi", flüsterte es ängstlich.

„Erika, nimm mir die Sachen ab", erklang es auf dem Korridor. „Ich konnte nicht früher kommen. Gegessen habe ich schon. Es ist ja beinahe halb neun. Mielkes müssen gleich da sein. Aber ich habe einen tadellosen Abschluß gemacht. Die Sache mit Gretler geht in Ordnung. Da staunst du, was?" Er lachte selbstgefällig.

Oh, wie er sie kannte, diese laute Stimme und das widerliche Gelächter! Wie er diesen Dortschek verabscheute, der ihn an jenem verhängnisvollen Abend aus dem Haus getrieben hatte! Rudolf ballte die Fäuste unter der Decke.

„Komisch, wenn Pappi lacht, klingt es, als ob ein Pferd wiehert", flüsterte Sonja. „Jetzt müssen wir still sein. Aber nachher, wenn sie beim Fernsehen sitzen, will ich Ihnen noch was sagen. Wenn ich schon eingeschlafen sein sollte, wecken Sie mich bitte, es ist wichtig."

Rudolf Herbst hörte nicht auf das Kind. Seine ganze Aufmerksamkeit war auf den Korridor gerichtet. Was würde seine Mutter sagen — und wie würde Oskar Dortschek reagieren?

Jetzt schien der Stiefvater das Köfferchen und den fremden Mantel entdeckt zu haben. „Was ist denn das?" hörte er ihn ausrufen.

Dann kam der Mutter Stimme, leise und durch Schluchzen unterbrochen: „Oskar, ich muß dir etwas sagen. Bitte, erschrick nicht zu sehr: Rudolf ist hier."

„Rudolf, hier?" Es war ein entsetzter Ausruf. „Das geht auf keinen Fall! Ich dulde es nicht! Er bleibt nicht unter meinem Dach!"

„Oskar, ich bitte dich! Ich konnte ihm doch nicht die Tür weisen — nur für diese eine Nacht." Das Schluchzen der Mutter wurde stärker.

„Wo ist er?"

„Im Kinderzimmer — er schläft im großen Bett —"

„Ihm steht in meinem Hause kein Bett zu — er hat sein Recht verwirkt, alle seine Rechte auf uns, auch auf dich. Endlich sind wir aus dem Gerede von damals heraus. Du erinnerst dich wohl nicht mehr? In dieser neuen Siedlung hier kennt keiner unsere Vergangenheit. Soll das jetzt anders werden? Nein! Und abermals nein! Ich kann es mir nicht noch einmal leisten, daß man uns mit Schmutz bewirft. Er hat zu verschwinden, hörst du?"

Die Haustürglocke ertönte.

„Geh schnell ins Schlafzimmer und mach dich zurecht. Niemand darf merken, daß du geweint hast. Ich werde Mielkes empfangen." Kurz darauf vernahm man wieder das wiehernde Lachen und lautes Sprechen, bis sich dann die Wohnzimmertür schloß und nichts mehr zu hören war als gedämpfte Musik.

Wie betäubt lag Rudolf Herbst in seinem alten Bett. So war das also! „Ich werde euch nicht zur Last fallen", sagte er vor sich hin. Am liebsten wäre er sofort aufgestanden und hätte sich davongeschlichen. Aber wie sollte er unbemerkt aus der Wohnung kommen?

„Herr Herbst", klang es aus dem Kinderbett, „ich muß Ihnen doch noch was sagen."

„Ja was denn, Sonja?" gab er geistesabwesend zurück.

„Ich — ich hätte Ihnen geglaubt" — und nach einer langen Stille, schon schlaftrunken: „Wenn Sie auch das schwarze Schaf sind und Mutti immer um Sie weint — ich möchte schon wünschen, Sie wären mein großer Bruder und blieben bei uns — dann wäre ich doch nicht immer so allein."

Endlos dehnten sich die Minuten und wurden zu Stunden. Unruhig wälzte sich Rudolf Herbst in seinem Bett herum, in diesem Bett, an das er sein Recht verloren hatte nach den Worten des Mannes seiner Mutter. Ihm wurde heiß. Er warf die Federdecke zurück. Beinahe packte ihn Sehnsucht nach der harten Pritsche dort in jenem grauen Haus, das er gehaßt hatte, das ihm aber in den Jahren etwas Gewohntes geworden war. Stumpfsinnig hatte er getan, was ihm befohlen wurde — ohne Verantwortung, ohne Interesse, aber in dem Gleichmaß einer Maschine, der die nötige Pflege zuteil wurde, um sie in Gang zu halten — freilich, die allernötigste nur. Und jetzt? Was sollte er anfangen? Wohin sollte er sich wenden? Überall würde die Vergangenheit vor ihm stehen, drohend, jeden Weg versperrend. Er hatte es ja vorhin gehört: seine Rechte waren verwirkt. Stöhnend warf er sich von einer Seite auf die andere. Schließlich mußte er doch ein wenig eingeschlafen sein. Lautes Sprechen im Korridor weckte ihn auf.

„Nanu, habt ihr Besuch?" hörte er eine fremde Männerstimme, und gleich darauf Oskar Dortscheks lautes Organ: „Aber nein, die Sachen gehören einem früheren Bekannten, der sie hier nur untergestellt hat." Dann folgte eine wortreiche Verabschiedung, das Klappen der Haustür, und endlich war es still.

Rudolf Herbst richtete sich auf. Seine Hände tasteten nach den Kleidungsstücken, die auf dem Stuhl vor dem Bett lagen. Sein erster Impuls war, sofort aufzustehen und davonzulaufen. Aber wohin sollte er mitten in der Nacht? Nein, so ging es nicht. Er mußte warten bis zum Morgengrauen — warten — warten. Wieviel hatte er schon warten müssen in den achtundzwanzig Jahren seines Lebens! Zuerst als heranwachsender Junge auf den geliebten Vater. Dann nach dem schreckensvollen Tag vor zehn Jahren, als ihn die Polizei festnahm und ins Untersuchungsgefängnis brachte. Stunden-, tage-, wochenlang hatte er da gesessen, verzweifelt vor sich hinbrütend, sich totlaufend im Kreise seiner Gedanken, wartend von einem Verhör zum anderen, immer in der Hoffnung: es muß doch etwas geschehen, ich habe es doch nicht getan! Das Verbrechen muß sich aufklären! Der Täter wird und muß gefaßt werden! Und dann das langsame Begreifen, daß Hoffen und Warten umsonst waren. Erdrückende Indizien standen gegen ihn, mit eiskalter, zwingender Logik bewies es der Staatsanwalt. Und er? Er hatte nichts vorzubringen als immer wieder das eine: ich habe es nicht getan. Aber wo blieben seine Gegenbeweise? Wer hätte etwas von dem Geld des Onkels wissen können? Der Käufer? Ja, aber er besaß ein mehrfaches einwandfreies Alibi. Und mit wem war er selbst an jenem unglückseligen Abend zusammen gewesen? Mit Hans Schwarz, seinem Freund. Hans? Auch er konnte sein Alibi durch beeidigte Aussagen nachweisen.

Rudolf war an dem Abend, nachdem er Onkel und Tante verlassen hatte, zu Hans gegangen. Sein Herz war ihm so schwer nach dem, was er zu Hause erlebt hatte. Vergessen wollte er, wenigstens für ein paar Stunden. Trinken, sich betrinken, um nichts mehr denken zu müssen! Hans war der geeignete Partner dafür. — Was er in der Nacht wirklich erlebt, was er seinem Freund erzählt hatte, all das war für ihn bis heute in ein nebelhaftes Dunkel gehüllt. Nur eins wußte er gewiß: gemordet und geraubt hatte er nicht! Seinen Onkel Julius, einen der wenigen Menschen, mit dem ihn Liebe und Zuneigung verbanden, sollte er umgebracht haben? Wahnwitzige Vorstellung! Aber alle Beweise standen gegen ihn. Am schwersten wog die Aussage seiner Tante Frida, die mit erstickter Stimme und kaum hörbar im Gerichtssaal versicherte: „Ich habe ihn erkannt."

„Sahen Sie sein Gesicht?"

„Nein, das nicht, er schlug ja auch mich nieder — aber seinen Mantel erkannte ich."

Zum Beweis dessen legte der Ermittlungsdienst einen Mantel vor. „Angeklagter, ist das Ihr Mantel?"

„Ja."

„Und dieser Knopf?"

„Ja — er paßt zu den anderen Knöpfen meines Mantels."

„Dieser Knopf wurde in dem Zimmer des Erschlagenen gefunden."

Die Beweiskette schloß sich, der lückenlose, logische Indizienbeweis. Und vor ihm, Rudolf Herbst, öffnete sich das schwere, eiserne Tor und schloß sich wieder hinter einer Welt, die er vergessen mußte und die ihn vergessen würde. Oh, er hatte aufbegehrt in der ersten Zeit, besonders in den endlosen, schlaflosen Nächten. Sein Geist war ruhelos auf der Suche nach dem Schuldigen.

Hans Schwarz? Immer hatte ihn im Innern etwas vor dem Freund gewarnt. Doch der Ältere verstand es, dem Jüngeren zu imponieren, und er war ihm ja auch erst dann mehr und mehr verfallen, als der andere in der Mutter Leben trat und ihn selbst zu verdrängen begann. Aber konnte Hans Schwarz einer so gemeinen Tat fähig sein? Ihn auszuhorchen und dann hinzugehen und den Onkel zu erschlagen und zu berauben? Konnte ein Mensch so gewissenlos sein, einen Unschuldigen seinem Schicksal zu überlassen? Hundertmal hatte sich Rudolf gefragt und keine Antwort gewußt. Anfangs wies er solche Gedanken von sich. Er war noch kaum mit dem Schlechten im menschlichen Dasein in Berührung gekommen. Er war zu ahnungslos, um daran glauben zu können. Ein Freund konnte sich doch unmöglich an dem anderen so versündigen?

Aber allmählich, je mehr er die „anderen" kennenlernte, diese anderen, die sein Los teilten, die durch eigene Schuld oder Mitschuld in der gleichen Verdammnis leben mußten wie er, gingen ihm die Augen auf. Bosheit, Haß, Neid, Mißgunst, Verbrechertum lernte er bei seinen Mitgefangenen kennen, und sein Glaube an das Gute im Menschen erstarb. So war denn eines Tages auch die Gewißheit in ihm: kein anderer als Hans Schwarz konnte das Verbrechen begangen haben. Ihm mußte er in seiner Trunkenheit von dem Geld berichtet haben. Hans Schwarz war der Verbrecher — wenn er auch ein einwandfreies Alibi beigebracht hatte. Einer der Zeugen mußte falsch ausgesagt haben, obwohl er unter Eid stand. Damals reifte in Rudolf der Entschluß: Wenn ich aus der Gefangenschaft kommen sollte, werde ich nicht ruhen, bis ich ihn gefunden habe, und ich werde alles tun, seine Schuld zu beweisen.

Dieser Entschluß, einmal gefaßt, stärkte ihn und half ihm, die erste Zeit zu überstehen. Später, in dem ewigen Einerlei, in dem Tage zu Monaten und Monate zu Jahren wurden, trat auch das zurück. Er stumpfte ab und resignierte. Es gab Tage und Wochen, in denen er überhaupt nichts mehr dachte und zu einem so erstklassigen Gefangenen wurde, daß er selbst ratlos und fassungslos war, als er eines Tages in das Schreibzimmer der Anstalt gerufen wurde. Hier teilte man ihm mit, daß ihn der Direktor wegen tadelloser Führung zur vorzeitigen Entlassung vorgeschlagen habe.

Ja, war das nun ein Geschenk — oder war es keines? Ein bitteres Geschenk — ein grausames war es! Laut stöhnend warf sich der Mann in dem weichen Bett herum, von dem er in den ersten Jahren seiner Gefangenschaft so sehnsüchtig geträumt hatte. Ein Traum war es! Eine Illusion! Jetzt stand er vor der Wirklichkeit.

Das erste Morgenlicht begann zu dämmern. Grau und fahl stand es vor dem Fenster. Wie spät mochte es sein? Rudolf blickte auf die Armbanduhr. Sie stand, er hatte vergessen, sie aufzuziehen. Leise erhob er sich und kleidete sich an. Einen kurzen Blick warf er auf das Kinderbett. Eine Puppe fest an sich gedrückt, lag da Sonja, sie, die bereit gewesen war, ihm zu glauben. Eine weiche Regung wollte in ihm aufsteigen. Er kämpfte sie nieder und verließ leise das Zimmer. Die Tür hinter sich zu schließen, wagte er nicht, um kein Geräusch zu machen. Auch das Licht im Korridor schaltete er nicht ein. Es sollte ihn ja niemand bemerken, vor allem Oskar Dortschek nicht.

Was würde er tun, wenn jetzt plötzlich die Tür aufginge und der Verhaßte vor ihm stünde? Es sauste vor seinen Ohren, rote Kreise begannen vor seinen Augen zu tanzen. Wie — wenn ich jetzt das täte, was man mir vor zehn Jahren zur Last gelegt hat! ging es durch sein gequältes Gehirn. Was würde es mir schaden? Ich würde wieder in das Haus zurückkommen, das ich soeben verlassen habe — diesmal zu Recht. Und ich bräuchte nicht unter den Menschen zu sein, mit denen zu leben ich das Recht verwirkt habe — nach der Meinung des Mannes meiner Mutter.

Rudolf starrte auf die weißlackierte Tür, hinter der er das Ehepaar Dortschek wußte. Er ballte die Fäuste, bis die Knöchel weiß hervortraten. War nicht der Mann dort drinnen mit seiner scheinbar so weißen Weste schuld an seinem Unglück? War er nicht der eigentliche Urheber — dieser eitle, hohle Angeber, der ihm das fortgenommen hatte, was sein war? Woran sein Herz gehangen hatte: die Mutter und das kleine bescheidene Heim? Mit verzerrtem Gesicht stand Rudolf Herbst dicht vor der Wohnzimmertür wie ein Tier, das bereit ist, sich im nächsten Augenblick auf seine Beute zu stürzen — nicht ahnend, wie nah sie ihm war.

Oskar Dortschek hatte, wie alle nervösen Menschen, einen leichten Schlaf. Das kleine Geräusch im Korridor hatte ihn geweckt. Er stand auf, zog sich seinen seidenen Morgenrock an und schlüpfte in die Hausschuhe. Um seine Frau nicht zu stören, schaltete er kein Licht ein und schlich aus der Tür. Auch das Wohnzimmer ließ er unbeleuchtet. Der Zuchthäusler wird kein Geld haben und uns bestehlen wollen, überlegte er. Ich werde es nicht zulassen und ihn überraschen. Seine Hand legte sich auf die Klinke — aber er drückte sie nicht nieder. Ein eiskalter Schrecken durchfuhr ihn plötzlich. Seine Augen glitten an seiner kleinen, dürren Gestalt herunter. Er ist ja auch ein Mörder — wenn er mir etwas antut? — Dortschek, der Held des Stammtisches, der Beherrscher seiner Familie, begann zu zittern. Die Zähne schlugen ihm aufeinander. So stand er wie gebannt hinter der Tür.

Keiner der beiden Männer wußte, daß sie nur durch das dünne Holz der Tür voneinander getrennt waren.

In diesem Augenblick geschah etwas. Ein kleiner, zitternder Ton, der wie ein Seufzer klang, drang aus dem Kinderzimmer an Rudolfs Ohr. Das Kind Sonja trat in sein Bewußtsein. — Sein Körper begann sich zu entspannen, und die geschlossenen Fäuste taten sich auf,

Noch ein paar Augenblicke verharrte er in atemlosem Schweigen, dann trat er von der Tür zurück und fing an, sich im Korridor umzusehen. War es draußen schon heller geworden, oder hatten sich seine Augen an das Dämmerlicht gewöhnt? Er entdeckte ein Schlüsselbrett. Aufs Geratewohl nahm er einen Schlüsselring, an dem mehrere verschiedene Schlüssel hingen. Er probierte sie nacheinander, der vorletzte paßte.

Oskar Dortschek hörte, wie sich der Schlüssel im Schloß drehte. Sollte der Verbrecher vielleicht doch nicht den Mut zu einem Diebstahl gefunden haben und verschwinden? überlegte er. Vorsichtig hob er sich auf die Zehenspitzen, um durch das obere Glasfenster der Tür in den noch fast dunklen Flur zu spähen. Der Raum war leer. Nach einigen Sekunden wagte er sich weiter. Er betrat den Korridor und blickte durch das Fenster. Im ersten Morgendämmern erkannte er auf der Straße die davoneilende Gestalt. Ein Seufzer der Erleichterung entrang sich seiner schmalen Brust. Er betrat die Küche und sah sich forschend um. Alles schien in der gewohnten Ordnung zu sein. Erika pflegte das Wirtschaftsgeld in einem Marmeladenglas im Küchenschrank aufzubewahren. Erst am Vortage hatte er ihr fünfzig Mark gegeben. Er fand den Schein unberührt. „Glück gehabt", murmelte er vor sich hin. Zoll um Zoll wuchs er in seine gewohnte Überlegenheit zurück. Nicht mehr gar so leise wie zuvor betrat er das eheliche Schlafzimmer.

Erschreckt fuhr seine Frau aus dem Schlaf.

„Was ist los, Oskar?" fragte sie angstvoll.

„Nichts", antwortete Dortschek und trat an ihr Bett.

„Ich dachte — ich fürchtete — Rudolf —", stotterte sie.

„Aber Erika, liebes Kind", beruhigte er sie in einem Ton, in dem man Kinder zu beschwichtigen pflegt, „wer wird sich immer gleich so aufregen? Gewiß, Rudolfs Kommen bringt uns Sorgen. Auch mich hat es gestern abend sehr erregt — aber ich habe mir inzwischen alles gründlich durch den Kopf gehen lassen. Wir werden einen für alle Teile zufriedenstellenden Ausweg finden." Sanft tätschelte er das Gesicht seiner Frau.

„Meinst du wirklich, Oskar?"

„Ja, ganz bestimmt. Und nun schlafe wieder ein. Der Morgen zeigt alles in einem anderen Licht als der Abend — viele Probleme lösen sich oft von selbst."

„Ach, Oskar, du bist so gut", seufzte Frau Erika, „alles, was du in die Hand nimmst, glückt dir."

Tief befriedigt ließ sich auch Oskar Dortschek noch einmal in seine Kissen fallen. Ihm war zumute wie nach einem großen Geschäftsabschluß. Auch dann pflegte er seinen Kunden einige Zugaben oder Gratifikationen zukommen zu lassen, die beide Teile erfreuten, ganz besonders ihn, denn sie kosteten ihn nichts. —

Vor der Tür wehte ein frischer Morgenwind. Mit schnellen Schritten ging Rudolf davon. Ohne sich ein einziges Mal umzuwenden, durcheilte er die Cäcilienstraße. Hier und da sah er hinter den Fenstern Licht. Dort frühstückten jetzt die Männer, um hernach zur Arbeit zu gehen. Männer, die aus wohlgeordneten, gepflegten Häusern kamen und gutbezahlte Stellungen hatten. In der Gartenstraße begegnete er schon einigen eiligen Gestalten, die der Straßenbahnhaltestelle zustrebten. Er verlangsamte seinen Schritt. Er hatte ja Zeit. Die Bahnhofswirtschaft, in der er Kaffee trinken wollte, lag mindestens eine Wegstunde entfernt, und er wollte zu Fuß gehen.

Allmählich kam Rudolf Herbst in bekanntere Gegenden. Freilich hatte sich in den letzten zehn Jahren alles verändert. Auf den Ruinengrundstücken von damals standen jetzt Riesengebäude. Die alten Häuser hatten sich durch neuen Putz der modernen Umgebung angepaßt, so daß man ihr ehemaliges Gesicht kaum noch erkennen konnte. Nur an dem, was unverändert geblieben war, konnte er sich orientieren.

Unbewußt folgte er einem Weg, den er als Schulbub oft gegangen war, und stand bald darauf vor einem dieser Überbleibsel von früher, der Andreaskirche. Hier sah es aus, als sei die Zeit stehengeblieben. Der wuchtige Turm, das Eingangsportal, ja selbst die Kastanien auf dem Kirchplatz — genau so wie einst — ebenso das Pfarrhaus aus roten Backsteinen mit dem langgestreckten Gemeinde- und Konfirmandensaal daneben.

Ob Pfarrer Richter noch lebte? Er mußte schon alt sein. Langsam trat Rudolf Herbst an das verschlossene Gartentor heran. Auf einem Messingschild stand der Name: Johannes Richter, Pfarrer. Daneben befand sich ein Klingelknopf. Der Kirchplatz war menschenleer. Unsicher erhob sich die Hand des Mannes, als wolle er die Klingel berühren. In diesem Augenblick setzte die Turmuhr zum Schlag an. Rudolf zählte sechs Schläge. Tief und voll schwang der Ton. Genau so hatte es zur Zeit seines Konfirmandenunterrichts geklungen, wenn er mit seinen Mitschülern über den Kirchplatz ging. Er ließ die Hand wieder sinken. Nein, so früh konnte er den alten Mann nicht aus dem Schlaf reißen. Und wozu auch? Vielleicht würde er sich seiner kaum noch erinnern? Doch, er würde. — Der Pfarrer war ja bei ihm im Untersuchungsgefängnis gewesen und hatte ihn mit eindringlichen Worten zur Wahrheit ermahnt. Ach, er glaubte ja auch wie all die anderen, daß er, Rudolf Herbst, der Täter sei. Aber er war wenigstens bereit gewesen, den Ursachen der Tat nachzuspüren. Immer wieder hatte er ihn ernst gemahnt: „Sprich dich doch aus, mein Junge, erleichtere dein Herz. Ich will alles nur Mögliche für dich tun."

„Aber ich habe die Tat nicht begangen, Herr Pfarrer, ich schwöre es Ihnen bei Gott." Da hatte ihn der Pfarrer mit einem schmerzlichen Blick angesehen, wie man einen Verlorenen ansieht. „Ich werde für dich beten", sagte er immer wieder. Beten? Nun, wenn der alte Mann es wirklich getan haben sollte — erhört worden war er nicht. Und Glauben hatte auch er ihm nicht geschenkt. Trotzdem hatte er vor Gericht für ihn ausgesagt und ihn als einen seiner besten und aufmerksamsten Konfirmanden geschildert, den schwere, innere Erschütterungen und vielleicht auch schlechte Gesellschaft auf den falschen Weg gebracht haben müßten. Auf diese Aussage hin und auf das Urteil seines früheren Schuldirektors hatte Rudolf Herbst dann die sogenannten mildernden Umstände zugebilligt erhalten. Er wurde nach den Gesetzen des Jugendrechtes verurteilt. Wenn die Leute wüßten, wie milde die Umstände waren, dachte Rudolf und sein Gesicht verzog sich zu einer bitteren Grimasse. Er wandte sich ab. Er wollte ihn gar nicht wiedersehen, den alten Herrn mit dem sanften Apostelgesicht, der von alledem nicht die geringste Ahnung besaß. Der Pfarrer würde ihn ermahnen, ihm vielleicht sogar helfen wollen und ihn an die Gefangenenfürsorge empfehlen. Aber diesen Weg konnte er notfalls alleine beschreiten. Bei dem großen, gewaltigen Aufbau, den er überall um sich herum sah, wollte er zunächst einmal versuchen, irgendwo eine Arbeit zu finden, um Geld zu verdienen. Die Gefangenenfürsorge blieb ihm immer noch.

Er machte sich wieder auf den Weg. Diese Gegend war nicht so vom Krieg mitgenommen. Sein Blick fiel auf ein Straßenschild: Ludwigstraße. Er verhielt den Schritt. Dort hatten Onkel Julius und Tante Frida gewohnt. Schnell wollte er weitergehen. Zu bittere Erinnerungen hingen für ihn an dieser Straße, aber es war, als würde er von einem unsichtbaren Magneten angezogen. Rührte sich tief in seinem Innern der Wunsch, sich vor Tante Frida zu rechtfertigen? Wenigstens einen Versuch dazu zu unternehmen?

Ja, hier war alles unverändert geblieben: die gleichen zwei- bis dreistöckigen Mietshäuser aus der Zeit der Jahrhundertwende, hier und da ein Türmchen, ein Erker und allerlei Verzierungen über Fenstern und Türen. Dort lag das Haus, in dem die Verwandten im Parterre links gewohnt hatten. Die Fenster standen weit auf. Wie hypnotisiert starrte Rudolf in das Innere des Zimmers. Ein Frauenkopf erschien am Fenster über einem Berg von Federbetten. Schlohweißes Haar, noch unfrisiert in der frühen Morgenstunde, über einem kleinen, alten Gesicht voller Runzeln: Tante Frida! Zwei Menschen sahen einander stumm an. Dann erklang ein markerschütternder Schrei: „Mörder!" Das Fenster wurde zugeschlagen. Es klirrte, als zerspränge das Glas.

Wie von Furien gejagt, stürzte Rudolf davon. Er lief noch immer, als er sich schon längst im Innern der Stadt befand. Seine Knie zitterten, seine Hände flogen, daß er das Köfferchen kaum halten konnte. Planlos irrte er umher, und seine Schritte wurden müde und langsam. „Ich muß etwas zu mir nehmen", spürte er, „sonst breche ich zusammen."

Die Luft in der Bahnhofswirtschaft war warm und stickig. Es roch nach Kaffee. Er bestellte sich ein Kännchen und trank in gierigen Schlucken die erste Tasse. Das heiße Getränk belebte ihn. Er verschlang eine der auf dem Tisch stehenden Semmeln nach der anderen, ohne zu bemerken, daß sie altbacken waren. Ja, wenn er jetzt das Geld besäße, das er damals angeblich geraubt haben sollte und das die Polizei trotz eifrigen Suchens niemals gefunden hatte, würde er sich helfen können! Er bestellte sich ein zweites Kännchen Kaffee. Langsam begannen sich seine Gedanken zu ordnen, seine Sinne wurden sogar überwach. Das, was ihn in den ersten Jahren seiner Gefangenschaft aufrecht erhalten hatte, trat wieder vor seine Seele, diesmal zu bewußtem Wollen, aus dem sich der feste Entschluß herauskristallisierte: ich muß, ich will und ich werde den Schuldigen finden, koste es, was es wolle. Mein ganzes Leben soll diesem einen Ziel dienen von heute an — gleich jetzt will ich den Anfang machen!

Zunächst zählte er seine Barschaft. Er besaß nicht viel mehr als zweihundert Mark. Dafür hatte er unzählige Arbeitsstunden geschafft! Die geringfügigen Kleinigkeiten, die man ihm zu kaufen gestattete, zählten kaum. Ein Facharbeiter von heute verdiente ja beinahe soviel in einer Woche, wie er staunend aus den Gesprächen seiner

Mitreisenden im Zug vernommen hatte. Und er war doch auch ein Facharbeiter, war es zum mindesten gewesen. Wie große Pläne hatte er gehabt! Schon mit fünfzehn Jahren hatte er als Jüngster seiner Klasse die mittlere Reife erlangt. Nach abgeschlossener Lehrzeit hatte er erst einmal ein ordentliches Stück Geld verdienen wollen, um seiner Mutter und sich ein besseres Leben zu ermöglichen. Später wollte er dann eine Ingenieurschule besuchen. Nun, seine Mutter hatte ja ganz gut für sich selber gesorgt. Nur er saß hier, verlassen und heimatlos, in einer Bahnhofswirtschaft, ein entlassener Zuchthäusler, den die Menschen anstarrten, als käme er vom Mond. — Sah er denn so anders aus als sie? Er blickte an sich herunter. Sein Anzug war sauber, aber die Beinkleider zu kurz. Aus den Jackenärmeln ragten die mageren Arme heraus, und seine Schuhe waren alt und niedergetreten.

Ob ich mir zuerst etwas zum Anziehen kaufen soll? überlegte er, aber er verwarf den Gedanken wieder. Ich habe Wichtigeres zu tun, sagte er sich und winkte der Kellnerin, um zu zahlen. Als erstes wollte er sich auf die Suche nach der Familie Schwarz begeben. In einem der wenigen Briefe, die er an seine Mutter schreiben durfte, hatte er nach dem früheren Freund gefragt. Darauf teilte sie ihm mit, daß Hans Schwarz seinen Arbeitsplatz in der Fabrik aufgegeben habe und nicht mehr in der Stadt gesehen werde. Er sei, so glaube sie, niemals der rechte Umgang für ihn gewesen. Darum hätte sie sich früher kümmern sollen, hatte er damals bei Empfang dieses Briefes gedacht.

Die ehemalige Adresse der Familie Schwarz kannte er noch. Dorthin machte er sich auf den Weg. Die große

Stadt war jetzt zu vollem Leben erwacht. Eilige Menschen strömten ihren Arbeitsstellen zu, die Läden wurden geöffnet. Er ging zu Fuß und mußte endlose Straßenzüge passieren, bis er in die Gegend kam, die damals das Arbeiterviertel der Stadt gewesen war. Wie sehr hatte sich auch hier alles verändert. Nur noch ein paar graue Vorkriegs-Mietskasernen waren stehen geblieben. In einer davon hatte die Familie Schwarz gewohnt: Mittagstraße 15, er erinnerte sich genau.

An der Haustür standen die Namen der Bewohner, jeder mit einem Klingelknopf daneben. In der dritten Etage rechts lebte die Familie Schwarz vor zehn Jahren. Ein fremder Name stand jetzt auf dem Schild. Er klingelte aufs Geradewohl, der Fernöffner summte, und die Tür tat sich auf. Die Treppe war noch genau so grau und ausgetreten wie damals. Vor der Wohnung klingelte er ein zweites Mal. Die Tür wurde einen schmalen Spalt geöffnet, und eine mißtrauische Frauenstimme fragte: „Was wollen Sie?"

„Ich suche eine Familie Schwarz."

„Kenne ich nicht, wir sind Müllers", klang es unfreundlich zurück, und die Tür wurde zugeschlagen.

Was nun? Langsam schritt Rudolf die Treppe abwärts und überlegte. Früher hatte im Parterre ein Schlossermeister Ebrecht gewohnt, an den er sich undeutlich erinnerte. Tatsächlich stand der Name noch am Schild. Zaghaft drückte er auf den Klingelknopf. Schlurfende Schritte näherten sich, ein alter Mann mit einer großen Brille auf der Nase erschien in der Tür.

„Sie wünschen?" fragte er nicht unfreundlich.

„Ich suche eine Familie Schwarz, die vor längerer Zeit in diesem Hause wohnte."

„Ach, die Schwarzens — die sind in die neue Siedlung am Kammacherweg gezogen. Es ist aber schon lange her."

„Wie komme ich dorthin?"

„Nehmen Sie am besten die Zwanzig, ganz raus aus der Stadt, bis Elsbach müssen Sie fahren. Steigen Sie an der Endstation aus, dort kann Ihnen sicher jedes Kind Bescheid sagen."

Rudolf bedankte sich und machte sich abermals auf. Der Kammacherweg fand sich ohne Schwierigkeit. Wieder sah er eine neu erstandene Siedlung, die diesmal aus sechsstöckigen Häusern bestand. Kleine, grellbunte Balkone klebten in regelmäßigen Abständen an den Vorderfronten. Auf einigen blühten noch rote Geranien. In einem Eckladen kaufte Rudolf ein paar Zigaretten und erkundigte sich nach der Familie Schwarz. Er erhielt die gewünschte Auskunft und stand wenige Minuten später vor dem angegebenen Haus. Sein Herz klopfte zum Zerspringen, während er die vier Treppen hochstieg. Vor der Wohnung wartete er einen Augenblick. Dann drückte er hastig auf den Klingelknopf.

Es dauerte einige Zeit, bis die Tür geöffnet wurde. Eine dicke Frau stand vor ihm. Ja, das war Frau Schwarz, nur älter geworden und beträchtlich umfangreicher. Kleine, tief in Fettpolstern liegende Augen musterten den Fremden, und der Schimmer eines Erkennens trat in ihr Gesicht. Sie machte eine Bewegung mit der Hand, als wollte sie die Tür zuschlagen, schien sich aber eines anderen zu besinnen. Das schwammige Gesicht verzog sich sogar zu einer Art von freundlichem Grinsen.

„Ach, der Herr Herbst, wenn ich mich nicht irre! Meine Augen sind schlecht, wissen Sie. Lange nicht gesehen, junger Mann."

„Ja, sehr lange nicht", würgte Rudolf heraus.

„Und was wollen Sie von mir?" kam es mißtrauisch zurück.

„Ich hätte gerne eine Auskunft von Ihnen. Könnte ich nicht mal einen Moment hineinkommen?"

Die Frau überlegte. „Wenn Sie wollen", sagte sie zögernd, „aber ich habe meine Küche noch nicht aufgeräumt. Es ist ja erst halb zehn."

Rudolf betrat die große Wohnküche, in der es allerdings nicht sehr einladend aussah. Auch hier standen neue Möbel, aber sie waren ungepflegt und verfleckt. Die Bettcouch in der Ecke war mit zerwühlten Kissen bedeckt, und auf dem Tisch lagen die Reste eines Frühstücks, das mehrere Menschen eingenommen haben mußten.

„Da schläft Willi, unser Jüngster", erklärte die Frau und zeigte auf die Couch. „Die Männer frühstücken schon um fünf. Ich gehe dann wieder zu Bett, das ist mir denn doch zu früh. — Setzen Sie sich hierhin und sagen Sie mir, was Sie wünschen."

„Ich wollte mich nach Hans erkundigen."

Ein beinahe feindlicher Ausdruck trat in das Gesicht der Frau. „Von dem wissen wir nichts", sagte sie kurz und bestimmt. „Gleich nachher, nach — Sie verstehen schon, was ich meine — ist er fortgegangen. Die Sache hatte Staub aufgewirbelt. Es war nicht angenehm für ihn —"

„Sie meinen, es war nicht angenehm für ihn, daß er als mein Freund galt?" fuhr Rudolf Herbst auf.

„Nu, nee", beruhigte die Dicke und schielte ihren Besucher etwas ängstlich aus den Augenwinkeln an. „Das ist ja alles lange her, ist längst Gras über die Geschichte gewachsen. Sie sind ja nun auch wieder frei, werden bald Arbeit finden — dann vergißt sich das auch für Sie."

Rudolf Herbst antwortete nicht auf diese Tröstung. „Wo ist Hans?" fragte er kurz.

„Ich sagte Ihnen schon, daß ich es nicht weiß; nein, wahrhaftig nicht. Vor drei Jahren war er das letztemal zu Hause. Da wollte er auswandern — ja — nach Amerika."

„Amerika?" fragte Rudolf Herbst, „dann wäre allerdings mein Suchen hier vergeblich."

Einen Augenblick lang sahen die Frau und ihr Besucher einander an — schweigend — prüfend. Plötzlich hatte Rudolf Herbst das bestimmte Gefühl: sie lügt.

„Haben Sie nicht einmal Post von ihm aus Amerika bekommen?" fragte er.

„Nur einmal eine Postkarte aus New York."

„Ohne Absender?"

„Ja, ohne Absender", beeilte sich die Dicke zu versichern. „Es stand drauf: Brief folgt. Aber es ist keiner angekommen."

In diesem Augenblick klingelte es.

„Der Milchmann", bemerkte Frau Schwarz betreten und schielte nach dem Besucher.

„Gehen Sie nur und holen Sie Ihre Milch — ich stehle keine Brötchen, und wenn Geld im Haus sein sollte, können Sie es ja mitnehmen."

„Aber Herr Herbst, daran habe ich gar nicht gedacht." Sie ergriff die Milchkanne, ein pralles Portemonnaie und ging zur Tür. „In fünf Minuten bin ich zurück."

Rudolf sah sich in der Küche um. Über der Bettcouch waren Bilder an die Wand geklebt, bunte Postkarten und Fotos. Sein Blick blieb auf einem Gruppenbild haften. Da war er ja, der Gesuchte: Das lachende Gesicht, die dunklen, welligen Haare, der freche, etwas aufgeworfene Mund. Er saß mit noch einem Zivilisten inmitten einer Gruppe amerikanischer Soldaten und schien in glänzender Laune zu sein. Blitzschnell löste Rudolf die Postkarte von der Wand und steckte sie in seine Manteltasche. „Brot und Wurst stehle ich nicht", murmelte er vor sich hin, „aber das hier werde ich mitnehmen."

Dann war die Dicke auch schon wieder zurück. „Na, da bin ich wieder. Hat keine fünf Minuten gedauert. — Wollen Sie sonst noch was wissen?"

„Nein, danke, das wäre alles; wenn Sie mir doch nicht sagen können, wo Hans ist, will ich Sie nicht länger aufhalten."

Mit sichtlicher Erleichterung brachte Frau Schwarz den Besucher an die Tür. „Nun, junger Mann, es ist alles halb so schlimm", versicherte sie ihm zum Abschied und streckte ihm die Rechte hin. Nur mit Widerwillen nahm er die kleine, fette Hand.

„Leben Sie wohl", sagte er frostig und stieg eilig die Treppe hinab, um so schnell wie möglich aus dem Haus zu kommen, in dem er den ersten Diebstahl seines Lebens begangen hatte. Mit raschen Schritten bog er um die nächste Straßenecke und noch einmal um die nächste. Erst als er sich in einer belebten Geschäftsstraße befand und sich in das Gewühl der Passanten mischen konnte, zog er die Gruppenaufnahme aus der Tasche.

„Herzliche Grüße, Euer Hans", stand auf der Rückseite der Postkarte in der ihm noch sehr gut bekannten Handschrift des früheren Freundes. Rudolf sah sich die Marke an. Es war eine deutsche. Auch den Poststempel konnte er erkennen. Er trug das Datum des vergangenen Jahres und den Namen einer bekannten westdeutschen Großstadt. Sein Verdacht hatte sich bestätigt, die Frau hatte ihn belogen. Hans Schwarz war nicht vor drei Jahren nach Amerika ausgewandert!

Von dem Strom der Menschen sich treiben lassend, gelangte Rudolf in die Nähe des Bahnhofs. Diesmal ging er nicht mehr mit gar so blinden Augen an den Auslagen der Geschäfte vorüber. Was gab es da alles zu sehen! Dinge, von deren Vorhandensein er kaum etwas geahnt hatte. Die Auslagen der Herrenabteilung eines Warenhauses zogen seine Blicke besonders an: Anzüge, Mäntel, Hüte, Mützen aller Art. In Gedanken zählte er seine Barschaft noch einmal. Konnte er es wagen, sich etwas Derartiges zu kaufen, etwas, das ihn endlich dieser peinlichen Isolierung enthob, die ihn bei allem, was er fortan unternahm, von vornherein abstempeln würde?

Zögernd trat er in das Warenhaus ein, und ehe er sich umsehen konnte, war er schon einem sehr geschickten Verkäufer in die Hände gefallen. Nur kurze Zeit und er befand sich im Besitz eines einfachen graugrünen Trenchcoats und eines Paars billiger Beinkleider. In einer Umkleidekabine nahm er den Kleiderwechsel vor. Verstohlen betrachtete er sich in jedem der großen Spiegel, an denen er vorüberkam. Der magere Mensch

mit dem finsteren Gesicht, der ihn aus dem Glas an-
starrte, erschien ihm wie ein völlig Fremder. — Was
trugen die Männer jetzt eigentlich als Kopfbedeckung?
Suchend blickte er sich um und atmete erleichtert auf:
die meisten waren ohne. Er quetschte seinen alten Hut
noch in das nun übervolle Köfferchen und setzte seinen
Weg in Richtung des Bahnhofs fort. Um achtzig Mark
war er ärmer geworden, aber er fühlte sich nicht mehr
ganz so ausgestoßen.

Bei der Bahnhofsauskunft notierte er sich die Zug-
anschlüsse. Sein Entschluß, in die Stadt zu fahren, die
auf dem Postkartenphoto angegeben war, stand fest.
Was machte es ihm schon aus, wo er Arbeit fand? Je
weiter von seiner Heimatstadt entfernt, um so besser.
Die Hauptsache war, daß er die erste unsichere Spur
des einstigen Freundes nicht aus den Augen ließ.

In der Bahnhofswirtschaft bestellte sich Rudolf
Herbst eine Terrine Erbsensuppe. Er las auf der Karte
eine Unzahl von Gerichten, die er kaum dem Namen
nach kannte. Appetitanregende Gerüche stiegen ihm in
die Nase und weckten Begehren. Aber er bezwang sich,
hatte er doch heute schon viel zuviel ausgegeben.
Hungrig verschlang er seine Suppe. Danach zog er die
Notizen aus der Tasche und überlegte. Wenn er den
Nachmittagszug benützte, würde er erst abends am Ziel
sein. Da war es schon besser, erst am nächsten Morgen
zu fahren.

Wie aber konnte er den Nachmittag für seine Pläne
nutzbar machen? — Seine Gedanken begannen angestrengt zu arbeiten. Existierte ein Mensch, der ihm
Auskunft geben konnte über jenen verhängnisvollen
Abend vor zehn Jahren? Vor allen Dingen über die

Nachtstunden, die dem Abend folgten, an die er selbst nicht die leiseste Erinnerung hatte? Sie setzte erst wieder ein, als er sich am nächsten Morgen, frierend und mit wirrem Kopf, unter einem Torweg fand, zugedeckt mit seinem Mantel, diesem Mantel, der als Indiz eine so große Rolle in dem Prozeß spielen sollte — an dem ein Knopf fehlte, der ganz bestimmt vorher daran gesessen hatte. — Was war in dieser Nacht passiert, und wer konnte darum wissen außer Hans Schwarz, der sich damals sein Freund nannte?

Noch einmal, wie schon so oft, rekapitulierte Rudolf Herbst alles das, was geschehen war, nachdem er Onkel Julius und Tante Frida verlassen hatte. Er war mit seinen zwanzig Mark in der Tasche in die Mittagstraße zu der Familie Schwarz gegangen, um den Freund abzuholen, der ihn in die Alhambra-Bar führte. Hans schien dort wie zu Hause zu sein. Mit dem Barmixer stand er auf du und du, nannte ihn Mieke und kniff immer ein Auge zu, wenn er eine Bestellung aufgab. Dieser Barmixer war es gewesen, der Hans Schwarz das stichhaltige Alibi durch seine Aussage verschaffte, er sei bis in die Morgenstunden in der Bar gewesen und mit ihm nach Hause gegangen. Wenn er diesen Mieke vielleicht ausfindig machen könnte?

Rudolf Herbst stand auf und trat vor das Bahnhofsportal. Hell und warm schien die Herbstsonne auf sein blasses Gesicht. Wie sehr hatte er den Sonnenschein und die frische Luft in den langen Jahren hinter der hohen, grauen Mauer vermißt! Ein erstes, leises Gefühl von Freisein und eine kleine vage Zuversicht bemächtigten sich seiner, während er jetzt langsam und gemächlich durch die Straßen bummelte.

Die Alhambra-Bar war noch vorhanden, aber so luxuriös geworden, daß er sich kaum hineinwagte. Aber es mußte ja sein, wenn er weiterkommen wollte, und so trat er ein. In dieser frühen Nachmittagsstunde war das Lokal nahezu leer. Der Geschäftsführer und zwei Kellner standen gelangweilt herum. Ein Barmixer lehnte sich über den Bartisch und musterte den seltsamen Gast. Zögernd brachte Rudolf seine Frage vor.

„Mieke? Kenne ich nicht", gab der Barmixer zurück. „Bin erst ein halbes Jahr hier."

Ein alter Kellner, der wohl im Augenblick nichts Besseres zu tun hatte, trat näher und machte sich an der Theke zu schaffen.

„Wenn Sie den alten Saufkopp Franz Held vielleicht meinen? Den nannten die Leute Mieke", mischte er sich ein.

„Ich kenne seinen Namen nicht, aber ein alter Freund von mir nannte ihn so."

„Muß aber lange her sein", sagte der Kellner, während er sich einem Gast zuwandte, der eben eingetreten war. „Der Alte ist schon ein paar Jahre weg von der Bar, aber ich weiß zufällig, wo er wohnt — wenn er sich inzwischen nicht schon totgesoffen hat."

Rudolf Herbst wartete geduldig, bis der neue Gast bedient war. Sollte er diesem Kellner Geld geben und wieviel, um ihn zur Herausgabe der Adresse zu bewegen? Würden zwei Mark genügen?

Der Mann nahm das Geldstück, ließ es geringschätzig in seine Tasche gleiten und schrieb auf die Rückseite eines Geschäftsbons: „Franz Held, Burgstr. 13." Er bequemte sich sogar dazu, Rudolf den Weg dorthin zu beschreiben.

Die Burgstraße gehörte zu den winkligen Gäßchen der Altstadt, die nicht sehr unter den Einwirkungen des Krieges gelitten hatten. Nur hier und da reckte sich ein hoher, schmalbrüstiger Neubau, der aussah wie ein stolzer Hahn zwischen einer geduckten Schar von Küken. An einem der niedrigen Häuser stand die Nummer 13 zu lesen. Der Klang der Drehklingel schepperte. Eine Frau mittleren Alters öffnete die Tür. „Sie wünschen?" fragte sie geschäftsmäßig.

„Ich möchte gerne Herrn Held sprechen."

„Sind Sie von der Verwandtschaft?" erkundigte sich die Frau. Ohne auf Antwort zu warten, fuhr sie fort: „Es wird Zeit, daß sich mal einer nach ihm umguckt."

Rudolf Herbst trat in den peinlich sauberen Flur. Eine weiß gescheuerte schmale Stiege führte in das obere Stockwerk. „Zweite Türe links", sagte die Wirtin auf dem Flur, „kann sein, daß er jetzt aufgewacht ist. Ist schlimm mit dem Alten. So eine schöne Rente, und alles wird vertrunken. Meinen Teil für Wohnung, Morgenkaffee und die Extraausgaben behalte ich mir gleich am Ersten zurück. Können Sie mir das verdenken? Ich hätte ihn schon längst rausgesetzt, aber man hat ja auch Mitleid — weil sich doch keiner um ihn kümmert", fügte sie mit einem anzüglichen Seitenblick auf den vermeintlichen Verwandten hinzu. Unsanft klopfte sie an die Tür, hinter der ein unwirsches Brummen zu vernehmen war.

„Herr Held, nun wachen Sie endlich auf, es ist drei Uhr nachmittags. Sie haben Besuch — ein Verwandter von Ihnen."

„Habe keine Verwandte — will niemand sehen."

Die Frau öffnete die unverschlossene Tür.

„Sauber halte ich ihm die Stube, aber gute Sachen gebe ich ihm nicht, hat bei dem keinen Zweck." Das letzte klang beinahe wie eine Entschuldigung.

In dem kleinen Raum herrschte ein ungewisses Halbdunkel, die Vorhänge waren zugezogen. Die dicke, branntwein-geschwängerte Luft benahm Rudolf fast den Atem.

„Darf ich das Fenster aufmachen? Es ist so schön und sonnig draußen", fragte er und trat ein.

„Meinetwegen", kam es gleichgültig vom Bett her. In der Stube befanden sich nur die nötigsten Gebrauchsgegenstände, ein Tisch mit zwei Stühlen, eine Kommode, ein Schrank und das zerwühlte Bett, alles uralter, wackeliger Hausrat. Der Besucher zog die Vorhänge zurück und öffnete das Fenster.

„Wer sind Sie überhaupt, und was wollen Sie?"

Rudolf Herbst überlegte einen Augenblick. Ein unbestimmtes Gefühl riet ihm, seinen Namen nicht zu nennen.

„Ich bin ein alter Bekannter von Hans Schwarz", sagte er vorsichtig. Der Alte richtete sein vom Trunk verwüstetes Gesicht aus den Kissen auf. Ein völlig fremdes Gesicht, stellte Rudolf fest. Aber er hatte den Barmixer ja auch nur einmal in seinem Leben gesehen, und das war länger als zehn Jahre her. Der Mann, an den er sich dunkel erinnerte, war rund und voll gewesen.

„Von wem sagten Sie?"

„Hans Schwarz", erwiderte Rudolf.

„Von dem will ich nichts wissen", keifte der Alte, „und auch von seinen Freunden nicht, verstehen Sie?"

„Ich bin nicht sein Freund", sagte Rudolf Herbst hart.

Der Alte wurde aufmerksam. „Hat er Sie auch betrogen?" fragte er lauernd.

„Ja — nein — man könnte es vielleicht so nennen."

„Wissen Sie, wo der Halunke sich aufhält?" forschte der Alte, jetzt munter geworden und richtete sich im Bett hoch. Doch mit einem Stöhnen sank er in die Kissen zurück und griff sich mit beiden Händen an den Schädel. „Mein Kopf, mein Kopf", jammerte er.

„Wäre es nicht gut, Herr Held, ich sagte der Wirtin Bescheid, daß sie Ihnen eine Tasse starken Kaffee macht?" schlug der Besucher vor.

„Bleiben Sie mir mit dem alten Drachen vom Leib! An jedem Monatsersten paßt sie die Post mit meiner Rente ab und kassierte die Miete. Und wieviel, sage ich Ihnen, für dieses elende Loch und für die schäbige Bedienung. Bedienung! Daß ich nicht lache! Für jeden Handschlag muß ich extra bezahlen. Ich wäre schon längst ausgezogen, wenn — na, man wechselt nicht gern, wenn man alt wird." Resigniert ließ er die Schultern fallen. „Kaffee hilft nichts, junger Freund, viel besser ist das." Damit zeigte er auf die leere Flasche, die auf dem Tisch stand, und sah den Besucher erwartungsvoll an. Als er dessen Zögern gewahrte, drehte er sich wieder zur Wand. „Ich sehe schon, Sie wollen nicht. Na, dann nicht! Lassen Sie mich allein — ich will schlafen."

Rudolf Herbst ergriff die Flasche. „Wo ist der nächste Laden?" fragte er angewidert.

„Zwei Häuser weiter rechts", antwortete Held und blinzelte ihn hoffnungsvoll aus seinen verschwommenen Augen an. —

„Was haben Sie eigentlich mit dem Hans Schwarz

gehabt?" erkundigte sich Rudolf Herbst, nachdem sich der Alte mit einem tiefen Schluck gestärkt hatte.

„Er hat mir ein Versprechen gegeben — und hat es dann nicht gehalten, der Schuft."

„Ging es um Geld?" forschte Rudolf gespannt.

„Natürlich um Geld — um schöne dreihundert Märker jedes Jahr. Und dann verduftete der Gauner plötzlich — vor drei Jahren. Seine Alte sagte, nach Amerika. Glaubst du das? Ich nicht", wandte er sich vertraulich an seinen Gast.

„Hatten Sie ihm einen Dienst erwiesen, wofür er Sie bezahlen mußte?"

Der Alte nahm einen zweiten kräftigen Schluck. „Was heißt Dienst? Manchmal ist stille sein auch ein Dienst. Merken Sie sich das, junger Mann. Wenn sie kommen und einen ausfragen wollen, kann man viel wissen und wenig wissen — wenig ist meistens besser."

Rudolf dachte angestrengt nach. Wie konnte er nur etwas Positives aus dem Alten herauskriegen? „Mich hat er verpfiffen, deshalb suche ich ihn. Ich habe noch was mit ihm abzumachen", schoß er einen Versuchsballon ab.

„Haben Sie denn eine Ahnung, wo er ist?" forschte Held, diesmal schon interessierter.

„Vielleicht", gab Rudolf zurück.

„Was wollen Sie dann eigentlich von mir? Wäre ja möglich, daß ich Ihnen helfen könnte. Sie wissen doch, eine Hand wäscht die andere. Dafür müßten Sie mir dann die Adresse von dem Kerl verschaffen."

„Das kommt auf Ihre Auskunft an. Reicht Ihre Erinnerung zehn Jahre zurück?"

„Allerdings — das waren Zeiten! Da war die Alhambra noch ein besseres Kellerlokal. Aber Geschäfte haben wir gemacht! Junge, Junge! Was wollen Sie nun wissen? Werden Sie mal ein bißchen deutlicher."

„Da war so eine Sache mit zwei alten Leuten in der Ludwigstraße. Der Mann wurde niedergeschlagen und beraubt. Er starb gleich danach, aber die Frau blieb leben", tastete sich Rudolf voran.

Mit dem Gesicht des Alten ging eine Veränderung vor, es verschloß sich. „Kann mich nicht besinnen. Was soll das mit der Alhambra zu tun gehabt haben?"

„Oh doch, einiges. An dem Abend, als das Verbrechen geschah, saß Hanz Schwarz mit einem jungen Menschen bei Ihnen in der Bar. Sie haben ihn selbst bedient. Man rief Sie doch ‚Mieke', nicht wahr?"

„Stimmt. Aber woher wissen Sie das? Waren Sie denn auch an dem Abend da?"

Rudolf überlegte blitzschnell. „Jawohl, ich war da, sonst könnte ich ja nichts davon wissen."

„Wurden Sie auch verhört von der Polente?"

„Selbstverständlich, es sind ja eine Menge Menschen verhört worden."

„Hat er Ihnen auch ..." Held brach ab.

„Natürlich hat er ...", antwortete Rudolf, und sein Herz begann wie rasend zu klopfen.

„So ein Schuft!" stöhnte der Alte und warf sich in seinem Bett herum.

Wie komme ich jetzt weiter? Rudolfs Geist arbeitete fieberhaft. Eine beklemmende Stille breitete sich aus. Von der Straße herauf drangen Kinderstimmen. Im Zimmer war nichts zu hören, als der schnaufende Atem des alten Mannes.

„Der Täter wurde ja an dem Morgen in der Toreinfahrt der Alhambra-Bar gefunden", sagte Rudolf Herbst langsam.

„Davon weiß ich nichts!" fuhr der Alte schnell dazwischen. „Das heißt, gehört habe ich es natürlich, stand ja später alles haargenau in der Zeitung."

„Ich möchte bloß eines wissen: Wie er dahingekommen ist." Rudolfs Stimme war plötzlich messerscharf. „In der Nacht soll er einen Raubmord begangen haben, obwohl er doch offenbar sternhagelvoll war."

„Manche machen im Suff Sachen, die ihnen nüchtern nie eingefallen wären." Des Alten Stimme klang listig. „Wer konnte denn wissen, wie besoffen er war?"

„Ich — Sie — jawohl Sie auch. Am anderen Morgen war er ja noch immer nicht bei Verstand."

„Haben Sie ihn gesehen?" fragte Held hastig.

„Ich habe ihn gesehen", gab Rudolf hart zurück.

Beide Männer sahen sich eine Sekunde lang an. In ihren Blicken lag etwas Feindseliges.

Der Alte riß sich zusammen. „Vielleicht ist es besser, Sie lassen die Finger davon, junger Mann", sagte er schließlich und bemühte sich, Wohlwollen in seine Stimme zu legen. „Der Hans Schwarz, das ist nämlich ein ganz Ausgekochter. Vor drei Jahren ist hier mal so 'ne Geschichte mit 'nem Bankraub passiert. Kassierer totgeschlagen, den Boten niedergeboxt, und vom Täter keine Spur. Die Alhambra-Bar spielte auch eine Rolle dabei — war schon das feine, neue Lokal von heute, in dem sie einen alten Mann wie mich nicht mehr brauchen konnten. Nachzuweisen war natürlich nichts. Als ich ein paar Wochen darauf zu Hansens Mutter kam, um mir meine paar Pimperlinge zu holen, wollte mir die Olle einreden, ihr Sohn sei ausgewandert. Ich habe mir so meine Gedanken gemacht. Gesagt habe ich natürlich nichts, denn ich wollte mir nicht die Schnauze verbrennen. — Und Sie wissen jetzt, wo er steckt?"

„Ich habe seine Spur", erwiderte Rudolf Herbst.

„Nicht alle Spuren soll man verfolgen. Hören Sie auf einen alten Mann. Vielleicht ist's besser, wir lassen ihn laufen."

„Ich werde ihn suchen und ich werde ihn finden. Verlassen Sie sich darauf."

„Ohne mich", sagte Held unwirsch und drehte sich wieder zur Wand. „Wenn man alt wird, will man seine Ruhe haben. Tun Sie, was Sie nicht lassen können, aber ich will meinen Frieden. Ich will von nichts wissen, verstehen Sie?"

Rudolf fühlte, daß vorerst nichts weiter zu erreichen sein würde. Er verabschiedete sich und stieg in Gedanken vertieft die knarrende Stiege hinunter. Was er bis jetzt unbestimmt geahnt hatte, war ihm zur Gewißheit geworden: einer der vereidigten Zeugen hatte falsch ausgesagt — jetzt wußte er auch, wer. Die Sache mit dem Schweigegeld bestätigte es ihm. Der Barmixer Mieke mußte es gewußt haben, wie besinnungslos betrunken er in der Tatnacht gewesen war, und hatte es verschwiegen. Vermutlich hatte er ihn selbst mit unter den Torweg gebracht. Er wußte auch, daß sich Hans Schwarz nicht die ganze Nacht über in der Bar aufgehalten hatte. Er hätte zweifellos aussagen können, wohin das geraubte Geld gekommen war, nach dem die Polizei damals verzweifelt und vergeblich gesucht hatte. Der alte Gauner hatte von dem Geld jahrelang seinen Anteil erhalten.

Am Fuß der Treppe wartete die Hauswirtin.

„Es ist nichts mit ihm anzufangen", sagte er zu der Frau. In demselben Augenblick kam ihm ein Gedanke. „Ich möchte Sie um einen Gefallen bitten, Frau —"

„Hellmann", entgegnete die Wirtin. Ihr Gesicht verzog sich zu der Andeutung eines Lächelns.

„Wenn sich irgend etwas ändern sollte im Befinden — meines Onkels, wäre ich Ihnen für eine Nachricht sehr dankbar." Er griff in die Tasche und holte ein Zweimarkstück hervor. „Fürs Porto", sagte er und drückte der Erstaunten das Geldstück in die Hand.

„Oh, danke — ich würde ja auch so — wie ist denn der werte Name?"

„Herbst — die Adresse teile ich Ihnen per Postkarte mit. Ich bin gerade dabei, in eine andere Stadt überzusiedeln. — Ich kann mich doch auf Ihre Verschwiegenheit meinem Onkel gegenüber verlassen?"

„Aber gewiß, selbstverständlich, Herr Herbst, wird alles zu Ihrer Zufriedenheit erledigt", versicherte die Wirtin beflissen und komplimentierte ihn zur Tür hinaus.

Das Übernachtungsheim öffnete seine Pforten Punkt sieben Uhr. Schon eine Weile zuvor hatte sich eine bunt zusammengewürfelte Schar vor dem Pförtnerhäuschen eingefunden. Zigarettenrauchende junge Männer standen in einem Trupp zusammen. Von Zeit zu Zeit brachen sie in grölendes Gelächter aus. Zwei schäbigelegant gekleidete Mädchen warteten nebeneinander. Aus den Bemerkungen und den frechen Blicken, die hinüber- und herüberflogen, war zu entnehmen, daß man sich nicht fremd war. Eine Gruppe biederer Landfrauen mit großen Tragkiepen hielt sich gesondert von den übrigen. Aus ihren Gesprächen war zu hören, daß es sich um Marktfrauen handelte, die in der Frühe des nächsten Morgens auf den Wochenmarkt wollten, um ihre Erzeugnisse feilzubieten. Einige sehr zweifelhaft aussehende Gestalten hielten sich im Hintergrund und musterten die anderen mit scheuen, unsteten Blicken.

Die Uhr zeigte fünf Minuten vor sieben, als sich Rudolf Herbst zu den Wartenden gesellte. Er konnte sich noch gut an das große, rote Backsteingebäude erinnern, das zu seiner Zeit „Obdachlosenasyl" genannt worden war. „Da schlafen die Pennbrüder", hatte ihm sein Schulfreund einmal erzählt und sich mit Verachtung abgewandt. Das war lange her. Aus dem Obdachlosenasyl war inzwischen ein modernes Übernachtungsheim geworden — aber in einem hatte sich trotzdem nichts geändert: es war die Zufluchtsstätte für die Menschen geblieben, die kein Obdach für die Nacht besaßen. Für solche Menschen, wie ich einer bin, dachte Rudolf Herbst.

Auf einer Tafel standen die Preise für Übernachtungen angeschlagen: 60 Pfennig pro Bett im Schlafsaal, 1 Mark für ein Zimmer mit 4 oder 5 Betten, 2 Mark für ein Zweibetten-Zimmer. Punkt sieben wurde der Schalter geöffnet. Vor der Eingangstür entstand ein Gedränge. Rudolf hielt sich zurück, er hatte ja Zeit. Als einer der letzten trat er vor den Schalter. „Für wieviel?" fragte der Pförtner gleichgültig.

Einen Augenblick zögerte Rudolf, dann dachte er an seine schon beträchtlich zusammengeschmolzene Barschaft. „Für sechzig Pfennig, bitte."

Mit der roten Karte in der Hand folgte er dem Strom der anderen. In der Vorhalle wandte er sich an einen der jungen Männer mit der Frage nach dem Schlafsaal.

„Wenn Sie ein Neuer sind, dann müssen Sie erst da hinein", gab der Gefragte grinsend zur Antwort. „So schnell geht das hier nicht, Mann, hier wird man auf Herz und Nieren geprüft." Rudolf Herbst schoß das Blut ins Gesicht. Daran, daß man im Übernachtungsheim seine Papiere überprüfen würde, hatte er nicht gedacht. Am liebsten wäre er sofort umgekehrt, um im Wartesaal zu übernachten, aber er war hundemüde, und so schob er sich langsam durch die Tür, über der „Büro" geschrieben stand. Etwa fünfzig Menschen beiderlei Geschlechts warteten schon, und noch immer neue traten hinter ihm ein. Eine ältere Frau kontrollierte die Personalausweise und ließ sich die Übernachtungskarten zeigen. Nach einiger Zeit war Rudolf an der Reihe. Er überreichte seinen Personalausweis und seine Abmeldung aus der Strafanstalt. Seine Hand zitterte, er konnte es nicht hindern. Die Frau sah ihn ernst, aber nicht unfreundlich an und beugte sich dann noch einmal über seine Ausweise.

Rudolf stand wie auf Kohlen. Weshalb gibt sie mir meine Papiere nicht zurück wie den anderen? Bin ich auch hier ein Ausgestoßener? Gönnt man mir nicht das Bett zum Ausruhen, dessen ich so nötig bedarf? schoß es ihm heiß durchs Herz.

„Bitte, nehmen Sie Platz, Herr Herbst", hörte er plötzlich eine Stimme, „ich fertige schnell noch die letzten fünf ab, gleich komme ich zu Ihnen." Rudolf taumelte zu dem Stuhl, der vor einem Tisch in der Ecke stand. Er wagte nicht aufzublicken, weil er das Gefühl hatte, von allen Anwesenden neugierig gemustert zu werden. Endlich schloß sich die Tür hinter dem letzten. Rudolf hörte schleppende Schritte auf sich zukommen. Als er unsicher aufblickte, stand eine kleine, schon ältere Frau vor ihm, die sich schwer mit der Hand auf den Tisch stützte. „Ich kann nicht lange stehen. Das da", sie wies auf ihr linkes Bein, „habe ich mir in einem polnischen Gefängnis geholt. Man hat mich geschlagen", fügte sie leise hinzu und ließ sich schwerfällig auf den Stuhl neben Rudolf nieder. „Sie haben mir eine Sechzig-Pfennig-Karte für den Schlafsaal überreicht, aber ich würde Ihnen nicht dazu raten. Es liegt eine ziemlich wilde Gesellschaft dort — und Sie sehen so müde aus. Ich habe hier noch eine Karte für ein Zweibettzimmer. Ein junger Missionar wohnt dort. Er kommt allerdings erst nach zehn Uhr heim, wenn seine Versammlung zu Ende ist. Aber er wird Sie nicht stören, ich sage ihm Bescheid."

„Danke, ja", stotterte Rudolf Herbst und suchte nach seiner Börse.

„Lassen Sie sie nur ruhig stecken", sagte die freundliche Stimme, „es ist alles in Ordnung. — Haben Sie schon zu Abend gegessen?"

„Nein, aber ich habe auf dem Bahnhof Mittagbrot gegessen."

„Mittag ist lange her. Ich habe noch ein paar Schnitten. Sie mögen zwar etwas trocken sein, aber ich denke, Sie werden Ihnen schmecken." Bevor er widersprechen konnte, hatte Rudolf ein Päckchen in der Hand.

Unbeholfen stand er auf. „Vielen Dank — ich weiß nicht —"

„Sie brauchen gar nichts zu wissen. Schlafen Sie sich

erst einmal gründlich aus. — Wohin wollen Sie sich wenden? Haben Sie schon feste Pläne?"

„Ich will fort von hier", stieß Rudolf hervor. Er nannte den Namen der Stadt, den er auf dem Poststempel der Karte gelesen hatte.

„Erwartet Sie dort jemand?" fragte die Stimme behutsam.

„Ich suche dort einen Menschen, der — der mit meinem früheren Leben zu tun hatte."

„Ich kann Sie verstehen, daß Sie weit fort von Ihrem früheren Heimatort leben möchten. Diese Stadt war doch früher Ihre Heimat?"

Rudolf nickte stumm.

„Ich werde Ihnen eine Adresse aufschreiben."

Wieder erklangen die unregelmäßig schleppenden Schritte. Dann hörte er das Klappern einer Schreibmaschine.

„Auch in der Stadt, in die Sie sich begeben wollen, gibt es ein Übernachtungsheim. Hier ist die Adresse. Ich kenne den Hausvater gut. Wenn Sie einen Rat oder Hilfe brauchen, wenden Sie sich an ihn und geben Sie ihm diese Karte. Er wird für Sie da sein."

Rudolf steckte das Papier in die Tasche seines Trenchcoats und murmelte einen Dank.

Wie im Traum ging er den langen, sauberen Gang entlang und öffnete die Tür Nummer 10. Ein freundliches, schmales Zimmer mit zwei sauberen, bunt bezogenen Betten, einem weißen Kleiderschrank, einem Waschbecken nahm ihn auf. Gab es denn so etwas? Gab es so etwas für ihn? Er dachte an die vergangene Nacht. Auch da hatte er in einem guten, weichen, sogar weiß bezogenen Bett gelegen, in seinem früheren

Bett. Aber er hatte nach den Worten des Stiefvaters kein Recht mehr auf dieses Bett gehabt.

Sein Gesicht wollte sich wieder zu der gewohnten Grimasse verziehen. Seltsamerweise gelang es ihm jetzt nicht so recht. Er ging zum Waschbecken und ließ mit Behagen das heiße Wasser über seine Hände rinnen. Dann setzte er sich an den kleinen Tisch vor dem Fenster und packte die Butterbrote aus. Sie schmeckten prächtig. Es war die erste Mahlzeit in der Freiheit, die ihm wirklich mundete. Sein Jackett hing er in den Schrank. Sogar ein leerer Bügel war vorhanden. Mit einem gewissen Stolz betrachtete er den neuen Trenchcoat. Die enge Hose musterte er leicht mißtrauisch. Aber wenn alle Männer sich in solche Röhren zwängten, dann würde er sich wohl auch daran gewöhnen. Behaglich streckte er sich im Bett aus, ganz anders als am letzten Abend, an den er nicht mehr denken wollte — jetzt nicht, wo ihm etwas begegnet war, etwas, von dem er nicht geglaubt hatte, daß es auf der Welt existierte. Was war es nur?

Güte? Ja, Güte. Aber hatte er nicht auch gestern abend trotz all der Enttäuschungen etwas Ähnliches erlebt? Ein kleines Mädchen, das zu ihm gesagt hatte: „Ich — ich hätte Ihnen geglaubt." Ja, auf beides kam es an, auf Güte und Glauben. —

Durch ein leises Geräusch wurde Rudolf Herbst geweckt. Verwirrt sah er um sich. Wo war er? Er konnte sich zunächst auf nichts besinnen. Im Zimmer herrschte ein mattes Dunkel, nur erhellt durch die Lichter der nächtlichen Stadt, die durch die unverhüllten Fenster hereindrangen. Eine Gestalt trat ein und begann sich lautlos zu entkleiden. Durch halbgeschlossene Lider beobachtete Rudolf Herbst seinen Zimmergenossen. Es war ein noch junger Mann von mittelgroßem, schlankem Wuchs. Gleich würde er sich in das Nachbarbett legen. Aber — nein, er tat etwas anderes. Vorsichtig beugte sich Rudolf vor und bemerkte staunend, daß der Mann kniete. Er konnte nicht jedes Wort des langen Gebetes begreifen. Vor allem ging es wohl um die Evangelisationsversammlung des verflossenen Abends und um die Menschen, die sie besucht hatten. Aber zum Schluß vernahm Rudolf etwas, was ihn zusammenzucken ließ. Er verstand es ganz deutlich: „Herr, erbarme dich auch über den jungen Bruder, der hier mit mir in diesem Zimmer schläft. Hilf ihm wieder zurück ins Leben. Gib ihm Menschen, die sich seiner annehmen, vor allem aber nimm du dich seiner an. Ich bitte dich im Namen unseres Herrn und Heilandes Jesus Christus. Amen."

Die Sirene heulte. Feierabend! Die eisernen Tore der Fabrikhalle öffneten sich und entließen Ströme von Menschen. Die meisten verteilten sich schnell in den Straßen der Stadt. Ein bunt zusammengewürfelter Haufe von Männern aller Altersstufen aber strebte der Unterkunftsbaracke des Werkes zu. Viele Nationen waren vertreten. Lebhaft gestikulierende Italiener, die fest zusammenhielten, fielen besonders auf. Im Waschraum der Baracke ging es laut zu. Jeder der Männer wollte so schnell wie möglich den Schmutz des Arbeitstages los sein, um sich seinen abendlichen Liebhabereien hingeben zu können, die je nach persönlicher Art und Nationalität sehr unterschiedlich waren. Der größte Teil ergoß sich in die Kantine, um dort das

Abendbrot einzunehmen. Andere hatten es eilig, irgendeine Verabredung einzuhalten. Manche zogen sich sofort nach der abendlichen Reinigung in die Schlafbaracke zurück. Zu diesen wenigen gehörte auch Rudolf Herbst.

In dem großen Raum, den er mit fünf Arbeitskameraden teilte, war es warm und still. Diese kurze, ruhige Zeit, während die Budengenossen in der Kantine saßen, aßen und ihre Zeitung lasen, war ihm die liebste vom ganzen Tag. Zwei seiner Arbeitskameraden, die jüngeren, hatten sich stadtfein gemacht und waren ausgegangen, wie fast jeden Abend.

Rudolf seufzte und ließ sich auf seiner Bettkante nieder. Mit den drei älteren kam er ganz gut aus. Sie waren wortkarg wie er, hatten sicher auch ihre Schicksale auf dem Nacken, über die sie genausowenig sprachen wie er über das seine. Anders war sein Verhältnis zu den beiden Jungen, die immer wieder versuchten, ihn über sein Leben auszuforschen, und die nicht nachließen mit ihren Aufforderungen und Lockungen: „Mensch, komm doch mit. Du bist doch noch kein Großvater. Willst du denn hier versauern?" Und die, wenn alles nicht fruchtete, zu bohren anfingen und zu sticheln: „Hast wohl was ausgefressen, daß dir bange ist vor den Menschen?" — Wenn sie ihn doch in Ruhe lassen wollten! Er wünschte sich ja nichts weiter als Ruhe und Stille, ein Untertauchen, ein Nichtbeachtetwerden, das ihm erst einmal die Möglichkeit gab, wieder in das Leben zurückzu..... von dem er das Gefühl hatte, daß es ih............ verschlang.

Noch etwas anderes brauchte er: Geld! Geld verdienen wollten sie alle, die um ihn waren, die Familienväter, die wieder mit ihren Frauen und Kindern zusammenleben wollten, und die Jungen, die es mit ihren Freundinnen verjubeln und vergeuden wollten. Er aber brauchte sein Geld für andere Dinge, für ganz bestimmte, von denen nur er allein wußte. Zunächst hatte er sich natürlich einkleiden müssen, um sich äußerlich anzugleichen, damit kein Mensch ihm mehr ansehen konnte, wo er sich noch vor wenigen Monaten aufgehalten hatte. Nun, das war ihm gelungen. In dem großen, gut gewachsenen und ordentlich gekleideten jungen Menschen hätte wohl niemand den ehemaligen Sträfling wiedererkannt. Auch so mager war er nicht mehr. Das Mittagessen in der Kantine war gut und reichlich. Die Abendkost besorgte er sich selbst — nicht aus Sparsamkeitsgründen, sondern weil er eine Stunde in dem Barackenraum allein sein wollte. Er brauchte diese kurze Zeit der Stille fast noch nötiger als das tägliche Brot. — Hastig zog er seine Schreibmappe aus dem Spind und entnahm ihr den Brief mit den ausländischen Marken, den er am Morgen erhalten hatte. Er suchte sein vergessenes Schul-Englisch zusammen, um zu entziffern, daß der Name Hans Schwarz keinem Soldaten der amerikanischen Einheit bekannt sei. Deprimiert ließ Rudolf Herbst den Kopf sinken und starrte vor sich hin. Was sollte er nun noch unternehmen, um den Gesuchten zu finden?

Gleich nach seiner Ankunft, noch bevor er sich auf die Arbeitssuche begab, war er auf dem Einwohnermeldeamt gewesen. Ein Hans Schwarz, der einigermaßen seiner Altersangabe entsprochen haben würde, war nicht zu finden. Weitere Wege führten ihn in die Schreibstuben der amerikanischen Kasernen. Auch dort war der Name unbekannt. Man kannte ihn weder unter den deutschen Angestellten noch unter den Arbeitern. Das einzige Beweisstück, das Rudolf Herbst sein eigen nannte, war noch immer die Gruppenaufnahme auf der Postkarte, die den Gesuchten und noch einen anderen Zivilisten mit feiernden amerikanischen Soldaten darstellte, und aus deren Poststempel hervorging, daß sie erst im vergangenen Jahr aus dieser Stadt abgeschickt worden war. Ein freundlicher amerikanischer Sergeant stellte fest, daß die Einheit, der die abgebildeten Soldaten angehörten, schon vor längerer Zeit in die Heimat zurückgekehrt war. Auf Rudolfs dringendes Bitten hatte er versprochen, in Amerika nachzufragen. Die Antwort hielt Rudolf jetzt in seinen Händen. Was nun?

Schritte erklangen auf dem Flur. Die Kameraden kamen schon vom Abendessen zurück, früher als sonst — und damit war das Alleinsein beendet. Bald würde das Radio spielen oder die Belegschaft laut miteinander sprechen. Seufzend schloß Rudolf die Schreibmappe ins Spind und holte sich seine belegten Brote hervor, die er lustlos verzehrte.

Frühzeitig legte er sich zu Bett, aber der Schlaf kam nicht, auch dann nicht, als das Radio verstummt war und die anderen fest schliefen. Kaleidoskopartig traten Bilder vor seine Seele. In schneller Folge erschien und verschwand alles das, was er in den letzten Monaten erlebt hatte. Er sah sich wieder im Büro der Fabrik stehen, gemeinsam mit einer Anzahl anderer Männer der verschiedensten Lebensalter und Nationalitäten. Auf einem Anschlag in der Bahnhofshalle hatte er gelesen, daß diese Fabrik dringend Arbeitskräfte suchte.

Einer nach dem anderen der vor und neben ihm Stehenden wurde abgefertigt und erhielt seine Arbeitseinweisung. Seine Papiere legte der Beamte neben sich. „Warten Sie, bitte", sagte er in gleichgültigem Ton. Wie auf Kohlen hatte er im Hintergrund des Zimmers gestanden, bis der letzte den Raum verließ und der Beamte ihm dann einen Wink gab, näherzutreten.

„Es ist nicht so einfach für uns, Sie einzustellen, das werden Sie vielleicht verstehen", sagte er und räusperte sich, während er die Papiere unschlüssig in seiner Hand wog. Er wird sie mir wieder zurückgeben! hatte Rudolf gedacht. Noch jetzt fühlte er die entsetzliche Angst jenes Augenblicks. „Ich bin doch zu Unrecht verurteilt", wollte er herausschreien, aber er hatte sich bezwungen. Der Mann würde ihm doch nicht glauben. Wie sollte er auch, wo doch die Menschen, die ihn kannten und ihm nahestanden, seiner Aussage nicht geglaubt hatten.

„Ich bin damals vor zehn Jahren durch ein Jugendgericht verurteilt und jetzt wegen guter Führung vorzeitig entlassen worden", würgte er heiser heraus.

Der Beamte schien zu einem Entschluß gekommen zu sein. „Nun gut", sagte er und legte die Papiere wieder auf den Tisch, „ich werde in der Strafanstalt anrufen und mit dem Direktor über Sie sprechen. Heute nachmittag um drei Uhr können Sie sich Bescheid holen."

Es waren Stunden bitterer Qual, bis die elektrische Uhr auf dem Fabrikhof die dritte Stunde anzeigte. Rudolf hatte das Gefühl, als solle er noch einmal verurteilt werden, als er endlich wieder im Büro stand. Niemand war anwesend außer dem älteren Beamten, den er schon kannte und der ununterbrochen auf der Schreibmaschine klappernden Stenotypistin.

„Sie können bei uns anfangen. Sie werden allerdings nur probeweise eingestellt bei täglicher Kündigung. In den Wohnbaracken finden Sie Unterkunft", sagte er zu Rudolf in geschäftsmäßigem Ton. Während ihm der Beamte die Arbeitsanweisung gab, sah er ihn prüfend an.

„Unter Ihren neuen Arbeitskollegen befindet sich mehr als einer, der ebenfalls kein unbeschriebenes Blatt mehr ist. Freilich, ein Fall wie der Ihre" — wieder ein verlegenes Räuspern — „ist nicht darunter. Ich rate Ihnen zu äußerster Vorsicht und Zurückhaltung Ihren Kameraden gegenüber. Vertrauen Sie sich am besten niemandem an. Sprechen Sie mit keinem Menschen über Ihre Vergangenheit, hören Sie? Von uns kommt nichts über Ihr Vorleben heraus. Wahren Sie Ihr Geheimnis. Wenn das Geringste gegen Sie vorgebracht werden sollte, selbst wenn Sie nicht schuldig wären, würde ich mich gezwungen sehen, Sie zu entlassen. Ich hoffe, Sie haben mich verstanden." Rudolf hatte nur stumm genickt, zu sprechen vermochte er nicht.

Und nun war er schon über zwei Monate hier. Die Arbeit, die ihm im Anfang infolge seiner Kraftlosigkeit Schwierigkeiten bereitet hatte, fiel ihm jetzt leicht. Wenn nur die beiden jungen Kollegen nicht gewesen wären. Auch jetzt machten sie sich unliebsam bemerkbar. Mit lautem Gepolter stießen sie die Tür auf. Ein übler Alkoholdunst verbreitete sich im Raum. Rudolf tat so, als ob er schliefe, aber er hörte jedes Wort, das gesprochen wurde. Anfangs handelte es sich um wüste Prahlereien über Erlebnisse mit ihren Mädchen, dann blieb der eine der beiden einen Augenblick vor Rudolfs Bett stehen und wies mit dem Finger auf den scheinbar Schlafenden.

„Muß der Mensch Geld haben, wo er keinen Pfennig ausgibt", erklang die vom Trunk heisere Stimme, „aber ich werde ihn schon kriegen, daß er mitkommt, und dann muß er blechen! Wenn er nicht will, dann, dann... Wenn was nicht stimmt, ich krieg's raus — ich frage Alice — die alte Klapperschlange. Sie ist auch nicht anders als die anderen Weiber. Sie sind ja alle hinter uns her — hinter mir her", lallte die widerliche Stimme und erstarb dann in einem gurgelnden Laut.

Rudolf Herbst stockte der Herzschlag, der Schweiß brach ihm aus allen Poren. „Sprechen Sie mit niemandem über Ihr Schicksal", hatte der Mann im Büro gesagt. Und er hatte geschwiegen, hatte jeden Umgang ängstlich gemieden. Aber was konnte er tun, wenn man ihn nicht in Frieden ließ? Wer war diese Alice, die anscheinend über alles Bescheid wußte? „Von morgen an habe ich auf eine Woche Nachtschicht", beruhigte er sein angstvoll klopfendes Herz, „da kann ich den Kerlen aus dem Weg gehen. Ich brauche doch diese Arbeit, dieses Unterkommen, und vor allem brauche ich das Geld. So wie bisher, mit der Suche auf eigene Faust, komme ich nicht weiter. Ich muß mich an ein Detektivbüro wenden. Ich muß ihn doch finden — ich muß und ich will."

Die Woche der Nachtschicht ging vorüber. Die beiden jungen Arbeitskameraden versuchten aufs neue, mit Rudolf anzubinden; besonders Egon Berg, der ältere der beiden, ein großer, schlaksiger Mensch mit unsteten Augen und einem hübschen, aber verlebten

Gesicht, war nicht abzuschütteln. Einmal bemerkte Rudolf, daß sich der Lange unauffällig an seinem Spind zu schaffen machte. Schon am nächsten Tag hatte er daraufhin sein gesamtes Spargeld auf ein Sperrkonto der Sparkasse eingezahlt. Es überstieg bereits die Summe von fünfhundert Mark. Ob er es mit diesem Geld schon wagen konnte, ein Detektivbüro aufzusuchen? Aus dem Adreßbuch schrieb er sich mehrere Anschriften auf.

An einem freien Tag hatte er unschlüssig vor der Tür eines solchen Büros gestanden, war dann aber doch weitergegangen. Er konnte sich noch nicht entschließen, sein Erspartes anzugreifen. Zu neu und berauschend war für ihn das Gefühl des Besitzes. Es drängte für den Augenblick sogar den Racheplan zurück. Und der hatte doch bisher seine ganze Seele erfüllt. Zum ersten Mal in seinem Leben verspürte Rudolf Herbst etwas von der dämonischen Macht des Geldes.

Endlich hatte der lange Egon sein Ziel erreicht und Rudolf Herbst dazu überredet, einmal am Abend mit ihm und seinem Kameraden auszugehen. Rudolf machte sich stadtfein wie die anderen und steckte zwanzig Mark in die Tasche. Mochten sie draufgehen, überlegte er. Vielleicht würden die beiden lästigen Kerle ihn in Ruhe lassen, wenn er einmal mitmachte und für sie zahlte. Sie würden schon sehen, daß wenig aus ihm herauszuholen war, und deshalb bald von ihm ablassen.

Zu seinem eigenen Erstaunen verlief der Abend angenehmer, als er gedacht hatte. Die beiden stellten sich freundlich und umgänglich. Sie bedankten sich sogar höflich, als Rudolf eine Runde für sie ausgab. Ja, ihr Verhältnis zu ihm besserte sich seit diesem Abend, so daß er schon glaubte, sich in ihnen getäuscht zu haben, und anfing, aufzuatmen.

Kurze Zeit später trat Egon wieder mit dem Vorschlag zu einem gemeinsamen Ausgang an ihn heran. Diesmal handelte es sich um etwas extra Feines, um den Besuch eines Lokals mit besonderen Attraktionen. Rudolf tat sein Geld leid, aber er wagte nicht abzusagen. Vielleicht würden ihm daraus neue Unstimmigkeiten erwachsen. „Es ist das letztemal", beschloß er, während er sich fünfzig Mark einsteckte.

Es wurde der letzte Abend in dieser ihm aufgezwungenen Gemeinschaft, aber auf eine andere Weise, als er es sich vorgestellt hatte. Der Glanz des indirekt beleuchteten Raumes, der ungewohnte Alkoholgenuß, der Anblick eleganter Frauen — alles das benebelte Rudolfs Geist, so daß er immer wieder seine Geldtasche hervorzog und für seine Kameraden bezahlte. Plötzlich gewahrte er, daß sein Geldbeutel leer war. Das ernüchterte ihn.

„Ich habe kein Geld mehr, ich gehe jetzt nach Hause", sagte er etwas verlegen zu dem langen Egon, der mit einem kleinen bebrillten Mädchen neben ihm saß. Ein paarmal hatte Rudolf sie unauffällig angesehen und gedacht: Sie kommt mir bekannt vor. Aber ich werde mich wohl irren.

Das Paar brach in schallendes Gelächter aus, als habe Rudolf einen guten Witz gemacht.

„Sei doch kein Spielverderber. Hier wird angeschrieben. Ich bringe das schon in Ordnung." Egon winkte einen Kellner herbei und bestellte neue Getränke für die ganze Tischrunde. „Für welchen der Herren darf ich buchen?" erkundigte sich der Kellner und blickte fragend vom einen zum anderen.

„Darüber sprechen wir später", beschwichtigte Egon. Das vertrauliche Augenzwinkern hinter seinem Rücken sah Rudolf Herbst nicht.

Er stand auf. „Für mich bitte nicht mehr", sagte er nüchtern, „für mich ist jetzt Schluß." Alles Zureden der Kameraden half nichts, er blieb fest.

„Na dann nicht, Alice", hörte Rudolf noch im Hinausgehen Egons Stimme. „Wer nicht will, der muß die Folgen tragen."

Die kalte Winterluft machte Rudolf Herbst vollends nüchtern. „Nie wieder", sagte er vor sich hin und knirschte mit den Zähnen, während er an sein verlorenes Geld dachte.

Drei Tage später brachte die Post einen Brief an Rudolfs Adresse. Verdutzt betrachtete er das elegante Bütten-Kuvert. Absender: Fortuna-Bar. Er riß den Umschlag auf und erstarrte: eine Rechnung über fünfundachtzig Mark. Die Arbeitskameraden waren gerade vom Essen aus der Kantine zurückgekommen. Ausnahmsweise waren alle Stubengenossen einmal beisammen. Das Radio spielte laut. Schweren Schrittes ging Rudolf Herbst auf Egon zu und hielt ihm den Brief vors Gesicht. „Was ist das?" fragte er heiser.

„Eine Rechnung", entgegnete der Lange möglichst harmlos und blickte fort.

„Das sehe ich selbst. Aber wie komme ich zu der Rechnung? Alles, was ich getrunken habe, ist bezahlt — ja viel mehr als das! Ich will wissen, wie ich zu der Rechnung komme."

Egon wandte den Kopf ab. „Weiß ich doch nicht", gab er patzig zurück.

„Betrüger", zischte Rudolf und hob den Arm.

Der Lange wich zur Seite. Sein Auge funkelte: „Totschläger."

In dem Raum herrschte jetzt vollkommene Stille. Das Radio spielte nicht mehr, die Männer lauschten mit angehaltenem Atem. Rudolf Herbst hatte den Arm sinken lassen, er war bis in die Lippen erbleicht. Unendliche Müdigkeit ergriff ihn. Ohne ein Wort zu sagen, verließ er die Baracke. Verstört irrte er in den Straßen der Stadt umher. Wie hatte der Mann im Büro gesagt? „Wenn das Geringste gegen Sie vorgebracht werden sollte — selbst wenn Sie unschuldig sind —, wären wir gezwungen..."

Aufstöhnend blieb Rudolf an einer Straßenecke stehen. Ist es denn so, daß ein Mensch wie ich kein Recht mehr hat, daß er sich von jedem Schuft betrügen lassen muß, ohne sich dagegen wehren zu können? In ohnmächtigem Zorn ballte er die Fäuste und hob sie zum sternklaren Winterhimmel empor: „Du da oben — wenn du überhaupt bist —, siehst du es denn nicht, wenn einem Menschen Unrecht getan wird? Aber du hörst ja wohl nicht auf solche wie mich, sondern nur auf die mit den weißen Westen, ganz gleich, ob darunter ein schwarzes, böses, betrügerisches Herz schlägt..."

Weiter irrte er durch die Straßen. „Ich werde morgen in der Pause selbst ins Büro gehen und den Brief vorlegen", beschloß er. Der Gedanke beruhigte ihn etwas, und er machte sich auf den Heimweg.

Im Schlafraum war es schon dunkel und still. Vier seiner Kameraden schliefen oder taten wenigstens so.

Nur der Stubenälteste, Marenke, saß noch bei einer abgeschirmten Lampe und schrieb einen Brief. Marenke war immer freundlich zu Rudolf gewesen. Jetzt hob er den Kopf nicht von seiner Schreibarbeit. Anscheinend wollte er nicht mit ihm sprechen. Bedrückt und traurig legte Rudolf sich nieder. Er tat kein Auge zu in dieser Nacht.

Sofort beim Eintritt in das Büro fühlte Rudolf, daß jedes seiner Worte vergeblich sein würde. Trotzdem überreichte er dem Buchhalter die Rechnung der Bar. „Diese Rechnung besteht zu Unrecht, ich habe alles bezahlt, was ich genossen habe, und mehr als das", sagte er. Wie am Tage seiner Einstellung saß die Stenotypistin vor ihrer Maschine, und ihre Finger glitten ohne Unterbrechung über die Tasten. Jetzt wußte Rudolf, wer diese Alice war. Er erkannte sie wieder.

„Mit wem waren Sie dort?" erkundigte sich der Buchhalter. Rudolf nannte die Namen seiner beiden Stubengenossen. Der Buchhalter pfiff durch die Zähne und vertiefte sich aufs neue in das Blatt Papier. „Sie werden das schlecht beweisen können", bemerkte er und reichte die Rechnung zurück.

„Ich habe einen Zeugen", sagte Rudolf und zeigte auf das eifrig schreibende Mädchen am Fenster. „Das Fräulein dort." Wie eine Furie fuhr die Stenotypistin herum. Ihre Augen hinter den Brillengläsern funkelten. „Eine Unverschämtheit! Ich verkehre nicht mit Verbrechern wie diesem da!"

Der Buchhalter winkte ab. „Die Angelegenheit geht mich nichts an. Leider sehe ich mich gezwungen, Sie zu entlassen. Sie wissen, was ich Ihnen bei Ihrem Eintritt riet. Ihre Stubengenossen haben zudem erklärt, nicht mehr mit Ihnen zusammen wohnen und arbeiten zu wollen. Sie haben gedroht, den Arbeitsplatz zu verlassen, wenn wir Sie halten. Es tut mir leid um Sie, nachdem Sie sich in der Arbeit nichts haben zuschulden kommen lassen. — Bitte, Alice, machen Sie die Papiere fertig."

Wieder stand Rudolf Herbst auf der Straße. Was half es ihm, daß er statt des Pappköfferchens jetzt einen großen, soliden Koffer voller guter Sachen bei sich trug, daß er nicht mehr der hungrige, weltfremde, eben entlassene Strafgefangene war und daß sich in seiner Tasche ein Sparbuch mit über fünfhundert Mark befand? Ein ehemaliger Zuchthäusler blieb er trotzdem. Was half es ihm, daß er in das Leben hineingeschaut hatte, in dieses Leben, das den anderen lachte und ihn ausstieß?

Von seinem letzten Verdienst zahlte Rudolf Herbst das Geld für die Fortuna-Bar auf dem Postamt ein. Er tat es fast gleichgültig. Er wußte, niemand von seinen Tischgenossen würde die Wahrheit sagen, am allerwenigsten das Mädchen, das sich schämte, mit einem Verbrecher am gleichen Tisch gesessen zu haben. Danach bestieg er die Straßenbahn und fuhr zum Bahnhof, um seinen großen Koffer in der Handgepäckaufbewahrung abzugeben. Er behielt nur seine Aktentasche bei sich. Wieder trug er den Trenchcoat, den er sich als erstes angeschafft hatte. In der Eile des Packens war sein warmer Mantel in den Koffer geraten. Nun fror es ihn in der Winterkälte, und er setzte sich in den Wartesaal, genau wie am Tag nach seiner Entlassung. Aber damals hatte er doch Pläne gehabt und gewußt, wohin er sich wenden wollte. In seiner Ahnungslosigkeit hatte er geglaubt, die Spur des Täters schnell zu finden. Und jetzt? Er wußte nicht, wo Hans Schwarz sich aufhielt, er wußte es genauso wenig wie damals.

Es war Mittagszeit. Der Kellner erschien und fragte nach seinen Wünschen. „Erbsensuppe", bestellte er gleichgültig und vergrub die Hände in den Taschen seines Überrocks. Da knisterte etwas in seiner Hand. Er zog einen Zettel heraus, glättete ihn vor sich auf dem Tisch und las: „An den Hausvater, Herrn Eberhard Model, Eckartsheim." Dann folgte der Name der Stadt, in der er sich jetzt befand, und die Straße. Auf der Rückseite standen einige Zeilen: „Lieber Herr Model! Bitte, nehmen Sie sich des Überbringers an. Er braucht es. Im Herrn verbunden Ihre Angela Schreiber."

Jetzt erinnerte er sich. Das Blatt hatte ihm die Angestellte in dem Übernachtungsheim seiner Heimatstadt gegeben. Es war offenbar an den Leiter des hiesigen gerichtet. Er war bisher nicht dort gewesen, weil er ja sofort Unterkunft gefunden hatte. Vor seinem geistigen Auge stand jetzt wieder die freundliche ältere Frau, die ihm am zweiten Tag seiner „Freiheit" so liebreich geholfen hatte. Sollte er sich jetzt an den Hausvater wenden? Unschlüssig zuckte er mit den Schultern. Aber schließlich — warum nicht? Irgendein Unterkommen mußte er ja finden.

Am Abend stand er wieder in einem Büroraum mit anderen wartenden Menschen zusammen und überreichte einem Fremden seine Papiere zur Überprüfung. Er tat es mit innerer Gleichgültigkeit. Er hatte sich diesmal von vornherein für ein Zweibettzimmer entschieden. Das Zusammensein mit anderen war ihm gründlich verleidet. Nun wollte er erst einmal ein paar Tage hier im Heim übernachten und sich überlegen, was er weiter unternehmen konnte. Zur Not blieb ihm immer noch die Gefangenenfürsorge. Nach seinen neuesten Erlebnissen erschien sie ihm bei weitem nicht mehr so schlimm. Dort würde er es wenigstens nicht nötig haben, über die Vergangenheit zu sprechen oder zu schweigen — dort wußte man ohnehin Bescheid. Gleichzeitig entschloß er sich, den Zettel nicht zu übergeben. Wozu auch? Ein belegtes Brot brauchte er sich nicht mehr schenken zu lassen, das konnte er sich selbst kaufen. Auch sein Bett konnte er selbst bezahlen — einer materiellen Hilfe bedurfte er im Augenblick nicht. Glücklicherweise bedurfte er ihrer nicht!

Als einer der letzten wurde er abgefertigt. Ohne aufzusehen, wollte er seine Papiere und die Zimmernummer in Empfang nehmen, aber irgend etwas zwang ihn, seinen Blick zu erheben. Ein Paar blaue Augen sahen ihn an, durchdringend und gütig. Er zögerte. Sollte er vielleicht doch den Zettel abgeben? Unsicher tastete seine Hand in die Manteltasche. „Haben Sie noch einen Wunsch oder ein Anliegen?" fragte eine freundliche Stimme.

„Eigentlich nicht, aber ich habe da einen Zettel." Er brachte das zerknitterte Papier zum Vorschein und legte es auf den Schreibtisch. Der Mann las.

„Ach, die Angela Schreiber! Kennen Sie sie?"

„Kennen ist zuviel gesagt", erwiderte Rudolf verlegen. „Sie ist — sie war einmal sehr gut zu mir."

„Fräulein Schreiber hat ein feines Gespür. Sie sieht es, wenn einer Hilfe braucht. Sie hat mir schon des öfteren Menschen empfohlen — und es waren immer solche, die mich nicht enttäuschten. — Aber so nehmen Sie doch Platz, Herr Herbst — nicht wahr, so heißen Sie doch? Ich würde mich gerne mit Ihnen ein wenig unterhalten."

Ehe er es sich versah, saß Rudolf auf einem niedrigen Sessel dem Hausvater gegenüber. Die Fragen, die dieser an ihn richtete, kamen nicht aus der Neugier, sondern bewiesen echtes Interesse. So wurde Rudolf das Antworten nicht ganz so schwer, wenn es auch nicht über dürre Worte der Auskunft hinausging. Kurz skizzierte er die letzten zehn Jahre seines Lebens.

Als er auf die Heimkehr in das Haus seiner Mutter zu sprechen kam, sagte der Hausvater: „Das war gewiß sehr schwer für Sie und eine herbe Enttäuschung." Es war das erstemal, daß er den Bericht unterbrach. Rudolf antwortete nicht. Für einen Augenblick tat es ihm wohl, daß ein Mensch vor ihm saß, der ihm Verständnis entgegenbrachte, es zum mindesten versuchte. Ganz bis ins Letzte würde ihn doch niemand verstehen, dem nicht ein ähnliches Schicksal beschieden gewesen war wie ihm selbst.

Er sah sich um. Der Büroraum war schlicht eingerichtet, aber warm und hell. Ein großer Schreibtisch mit Ordnern und Aktenstücken darauf, ein Schreibmaschinentisch daneben, an dem in dieser Abendstunde niemand saß, ein Rollschrank, in der Ecke zwei niedrige Sessel mit einem Tischchen davor und an den Wänden voll besetzte Bücherregale, die auf geistige Regsamkeit des Heimleiters deuteten, bildeten das Mobilar. Wie konnte ein Mensch, der in dieser Umgebung lebte und arbeitete, einen anderen verstehen, der zehn Jahre seines Lebens hinter Mauern hatte verbringen müssen, die zehn besten Jahre, die Jugendzeit?

Zwischen den beiden hohen Fenstern hing ein großes hölzernes Kruzifix. Rudolf sah es und wandte den Blick ab Sein Herz verhärtete sich wieder. Auch in der kahlen Anstaltskirche, in die die Gefangenen regelmäßig geführt wurden, stand ein Kreuzbild auf dem Altar. Wie hatte er in der ersten verzweiflungsvollen Zeit seiner Haft zu ihm aufgeblickt! Seine Seele hatte nach Erbarmung und Rettung geschrien — er hatte um das Wunder gefleht, auf das er trotz allem noch immer hoffte. Nichts war geschehen. Damals war der Glaube seiner Kindheit, den der Vater in ihn gepflanzt und den der alte Pfarrer genährt hatte, erstorben. Dieser Verlust war das schwerste für ihn, weil er danach nichts mehr besaß, an das er sich in seiner Not klammern konnte. Nein, von dem Kreuz und von dem, der dort gehangen, um die Welt zu erlösen, wie die Pfarrer es lehrten, der aber einen armen Menschen in der schrecklichsten Not nicht erhörte, wollte er nichts wissen. Entweder war der Mann am Kreuz ein frommes Trugbild, oder er kümmerte sich eben nicht um sein, Rudolf Herbsts, persönliches Schicksal.

„Wann wurden Sie aus der Strafanstalt entlassen?" durchbrach die Stimme des Hausvaters diese schwere Gedankenkette.

„Im Oktober."

„Und wo verbrachten Sie die letzten zwei Monate?"

Rudolf berichtete über sein Leben in der Fabrik und seine vergebliche Suche nach dem ehemaligen Freund, den er für den wirklichen Täter hielt.

„Haben Sie irgendwelche Anhaltspunkte gefunden?"

„Einige wenige." Rudolf zog das Lichtbild aus der Tasche und reichte es dem Hausvater.

„Sind Sie sich dessen vollständig sicher, daß dieser Zivilist Ihr ehemaliger Freund ist?"

„Ja, vollständig."

„Das ist natürlich ein Fingerzeig, den man auf keinen Fall aus den Augen lassen darf", sagte Herr Model und gab das Bild zurück. „Möchten Sie mir nun auch noch erzählen, warum Sie entlassen wurden?"

Eine Blutwelle stieg in Rudolfs Gesicht.

„Wenn Sie es lieber nicht möchten?"

„Doch, doch", und mit sich überschlagenden Worten berichtete Rudolf von den Erlebnissen der letzten Tage.

„Haben Sie das Geld schon bezahlt?"

„Ja."

„Schade, wir hätten es vielleicht retten können."

„Niemand hätte mir geglaubt — einem Menschen wie mir."

„Sie irren, Herr Herbst, in diesem Falle hätte man Ihnen Recht verschaffen können. Ich wäre bereit gewesen, mich für Sie einzusetzen. Aber nun ist es zu spät."

Das erfahrene Auge des Hausvaters glitt über das Gesicht und die leicht nach vorn gebeugte Gestalt des vor ihm sitzenden Mannes. Er hat keinen Mut mehr — man hat ihn innerlich zerbrochen, wußte er plötzlich, und eine Welle tiefen, erbarmenden Mitgefühls überflutete sein Herz, so daß er für einen Augenblick nicht zu sprechen vermochte.

Auf dem Korridor klirrte Geschirr. „Im Tagesraum wird jetzt Tee ausgeschenkt", sagte der Hausvater und erhob sich. „Ich glaube, Sie werden hungrig und durstig sein. Sind Sie mit Broten versorgt?"

„Danke, ja", sagte Rudolf und stand ebenfalls auf.

„Gut so. Nehmen Sie jetzt Ihr Abendbrot zu sich. Auch ich werde essen gehen. Außerdem habe ich hier im Büro noch etwas zu erledigen. In einer guten Stunde, sagen wir um neun Uhr, kommen Sie dann bitte noch einmal zu mir und holen sich Ihren Zimmerschlüssel ab." Mit einem festen Händedruck entließ Herr Model seinen Besucher.

Wie im Traum saß Rudolf Herbst im Aufenthaltsraum und trank seine Tasse Pfefferminztee. Das Getränk war heiß und süß. Seine Brote packte er nicht aus, er verspürte keinen Hunger. Gruppenweise standen Menschen beieinander, die sich zu kennen schienen, andere, einsame, saßen auf den harten Stühlen herum und starrten vor sich nieder. Einige lasen. Zwei junge Männer hatten sich ein Tischchen dicht unter die Deckenbeleuchtung gerückt und waren in ein Schachspiel vertieft. Der Zeiger der Uhr rückte nur langsam vorwärts. Weshalb hatte ihn der Hausvater noch einmal zu sich bestellt? Er hätte ihm den Zimmerschlüssel doch gleich geben können — dann läge er jetzt schon im Bett. Eine tiefe, trostlose Müdigkeit überfiel ihn, die letzte schlaflose Nacht machte sich bemerkbar. Ach, schlafen — schlafen — alles vergessen — das viele Böse, das ihm widerfahren war — und auch das wenige Gute. Daß ihm soeben Freundlichkeit zuteil geworden war, spürte er deutlich. Aber was konnte sie ihm schon helfen — wer konnte ihm überhaupt helfen? —

Die Schreibtischlampe beleuchtete das von vielen Falten durchzogene Gesicht des Hausvaters. Die grauen Haare begannen weit oberhalb der Stirn, aber unter dieser Stirn lagen ein Paar strahlend blaue Augen.

„Bitte, nehmen Sie Platz, Herr Herbst. Ich habe eine große Bitte an Sie."

„Eine Bitte an mich?" Rudolf glaubte, er habe sich verhört.

„Ja, an Sie. Ich weiß allerdings nicht, ob Sie mir helfen können und wollen. Dieses Haus ist groß, Sie haben es ja gesehen. Wir befinden uns hier im Männerflügel. Auf der anderen Seite ist die Frauenabteilung, im Souterrain sind die Wirtschaftsräume. Im Garten — Sie können ihn von hier aus sehen, wenn Sie ans Fenster treten — liegt noch ein Altersheim, auch meiner Verwaltung unterstellt. In beiden Häusern ist je ein Hausmeister, dessen Frau die Küche besorgt. Bezahltes Hauspersonal haben wir fast gar nicht mehr. Die Alten aus dem Altersheim helfen uns stundenweise, selbstverständlich gegen Bezahlung. Viele von ihnen verdienen sich gern ein wenig Geld zu ihrer kleinen Rente. Sie werden es selbst sehen, wie viele Mühselige und Beladene unter unserem Hilfspersonal sind. Diese Menschen freuen sich, daß sie noch etwas leisten können, sie wollen nicht zum alten Eisen gehören. — Bis vor kurzem hatten wir einen geschickten alten Schlossermeister. Er hatte keine Familie mehr und bewohnte hier im Haus ein kleines Zimmer unter dem Dach. Vor vier Wochen ist Vater Hensel gestorben. Im letzten Vierteljahr konnte er auch kaum noch arbeiten. Sie glauben gar nicht, was alles bei uns defekt ist, vom tropfenden Wasserhahn bis zu abgebrochenen Schlüsseln, von nicht schließenden Fenstern bis zur undichten Gasleitung. Ich las in Ihren Papieren, daß Sie von Beruf Schlosser sind."

„Schlosser und Installateur. Aber es ist lange her,

daß ich nicht mehr in meinem Beruf gearbeitet habe. In der Strafanstalt beschäftigte man mich mit anderen Dingen, und in den letzten zwei Monaten war ich Hilfsarbeiter in einer Fabrik für Straßenbau-Maschinen."

„Nun, dann wird es Zeit, daß Sie sich wieder Ihrem richtigen Beruf zuwenden, und wenn es sich vorerst auch nur um kleine Reparaturen handelt. Mir würden Sie einen großen Dienst erweisen. Ich kann so schwer einen Handwerker bekommen für diese Kleinigkeiten, und sie müssen doch gemacht werden, damit nicht zu großer Schaden entsteht. Vielleicht überlegen Sie es sich, ob Sie mir helfen wollen, selbstverständlich gegen entsprechende Bezahlung."

„Ich brauche nichts zu überlegen, wenn Sie es ernst mit Ihrem Angebot meinen und mir die Arbeit wirklich anvertrauen wollen." Rudolfs Stimme klang heiser vor Aufregung. „Ich will mir alle Mühe geben, aber ich sagte schon, viel Übung und Erfahrung habe ich nicht."

„Ich denke, Sie werden es schaffen, Herr Herbst, und mir würden Sie einen Stein vom Herzen nehmen. — Jetzt gehen Sie aber erst einmal schlafen. Morgen früh, Punkt sieben Uhr, werden Sie durch ein Klingelzeichen geweckt. Um acht müssen unsere Schlafräume leer sein. Das geht nicht anders, sonst schaffen unsere Altchen das Reinemachen nicht, denn Schnelläufer sind sie ja nicht mehr. Gleich nach acht melden Sie sich, bitte, hier bei mir. Ich bringe Sie dann in die Küche und stelle Sie der Hausmeisterin vor. Neben der Küche im kleinen Eßzimmer nehmen Sie dann künftig mit mir die Mahlzeiten ein. Ihr Stübchen und das Werkzeug zeige ich Ihnen morgen. Wir werden einen großen Inspektionsgang machen, um alle Schäden festzustellen. Ich fürchte, uns werden die Haare zu Berge stehen. Aber nun ruhen Sie sich erst einmal gründlich aus. Ich sehe, Sie haben es nötig."

Ja, Arbeit gab es in der Tat genug in dem großen Haus; eins kam zum anderen. Aber es war eine abwechslungsreiche Arbeit, und sie brachte ihn mit einer Kategorie von Menschen zusammen, denen er noch niemals begegnet war, über deren Vorhandensein er sich noch nicht die geringsten Gedanken gemacht hatte. Es waren jene Mühseligen und Beladenen, von denen der Hausvater gesprochen hatte, die Alten, die noch gar nicht die Absicht hatten, sich zum alten Eisen werfen zu lassen, solange sie ihre Hände rühren konnten, und die vielen anderen, die betreut werden mußten.

Im untersten Stockwerk des Männerflügels führte die „lahme Lene" das Regiment. Sie trug ihren Namen zu Recht, denn ihr linkes Bein war mindestens fünf Zentimeter kürzer als das rechte. Ihr zur Seite stand eine große, robuste Person, die die Fußböden schrubbte und, wie ein Hündchen ihrer Herrin, der Lahmen nachlief. Sie gehorchte ihr aufs Wort.

„Die hat se nich alle", erklärte Lene und machte hinter dem Rücken der anderen Rudolf ein bedeutungsvolles Zeichen. „Junger Mann, zuerst kommen Sie zu mir. Im Waschraum sind zwei Hahnen kaputt und die Klosettspülung läuft ununterbrochen", gab Lene ihre Anweisungen. Nachdem der Schaden behoben war, mußte Rudolf sämtliche Schlösser der Kleiderschränke vornehmen. „Erst vorige Woche hat einer Geld geklaut auf Nummer sieben im zweiten Stock! Und die Polizei will ich nicht auf meinem Korridor haben", sagte Lene und hinkte neben Rudolf von Schlafraum zu Schlafraum, mit Argusaugen seine Arbeit überwachend. Zum Schluß wurde er durch ein breites Grinsen des zahnlosen Mundes belohnt. „Ich kann Sie weiterempfehlen, junger Mann", sagte die Alte anerkennend.

Zwischen den Raumpflegerinnen des Frauenflügels herrschte bittere Fehde. Rudolf erkannte bald, daß es um eine Prestigeangelegenheit ging, und ließ sich möglichst wenig im Kampfgebiet sehen. Eine noch ganz gut aussehende Frau mit hartem, verbittertem Gesicht hatte sich angemaßt, die anderen zum Teil schon recht kümmerlichen alten Weiblein zu kritisieren. Das gab einen Aufruhr! „Was bildet sich die denn ein? Will wohl was Besseres sein als wir! Das lassen wir uns nicht gefallen. Wir gehen zu Modeln", hörte Rudolf, als er gerade im Begriff stand, mit seinem Werkzeugkasten den Frauenflügel zu betreten. Schleunigst schloß er die Tür und verschwand.

Als er kurze Zeit darauf an dem Büro des Hausvaters vorüberkam, sah er gerade die aufgeregte Frauenbrigade eintreten. Nach einer halben Stunde wagte er sich wieder in den Frauenflügel. Zu seinem Erstaunen stellte er fest, daß die eben noch wie aufgeregte Hennen durcheinanderflatternden Weiblein wieder ihrer Arbeit nachgingen, als sei nichts geschehen.

Wie er das so macht, der Model? grübelte Rudolf, während er einen gequollenen Fensterflügel in Ordnung brachte. Überall sind seine Augen und Ohren, um jeden und jedes kümmert er sich, und wo er seine Hände im Spiel hat, tritt Ordnung ein — und nicht nur das, sondern Ruhe und Zufriedenheit.

Gleich am ersten Tag hatte Herr Model Rudolf auch in der Küche vorgestellt. „Hier bringe ich Ihnen einen jungen Bekannten, liebe Frau Meister: Herrn Herbst."

„Sehr angenehm", sagte die rundliche Frau, die gerade am Herd hantierte. Sie musterte den Neuling eingehend, aber freundlich und gab ihm dann mit festem Druck die Hand.

„Herr Herbst hat eine schwere Zeit hinter sich, und bevor er aufs neue in seinen Beruf geht, muß er sich ein wenig erholen. Aber er hat mir versprochen, während der nächsten Wochen alle kleinen Reparaturen im Haus zu machen. Sie wissen, seit der alte Hensel tot ist, sieht es traurig bei uns aus. Ich denke, wir räumen ihm Hensels Stube ein. Ich rechne auf Sie, Frau Meister, daß Sie es meinem Gast gemütlich machen und ihn gut versorgen."

„Verlassen Sie sich ganz auf mich, Herr Model", sagte die Dicke und strahlte den Hausvater an. Sie nötigte die beiden Männer in das kleine, einfache Eßzimmer neben der Küche und tischte ein Frühstück auf.

„Der Schwimmer in meinem Herd ist kaputt. Würden Sie vielleicht mal nachsehen, Herr Herbst?" fragte Frau Meister nach der Mahlzeit bescheiden. Rudolf konnte den Schaden schnell beheben, und der Kontakt mit der Küche war hergestellt.

Überall, wohin er sonst kam, im großen Haus oder im Altersheim, bei den Lieferanten des Kleinmaterials oder den Lebensmittelhändlern, bei denen er gelegentlich Bestellungen für Frau Meister abgab oder abholte, der Name „Model" öffnete ihm die Türen. Er selbst sah den Hausvater nur bei den Mahlzeiten. Dieser hatte ihm zwar erlaubt, die Abende in seinem Büro zu verbringen und sich seiner Bibliothek zu bedienen, aber Rudolf hatte noch keinen Gebrauch von dieser Erlaubnis gemacht. Sein Stübchen war gemütlich und warm. Es lag hoch oben im Dachgeschoß und erlaubte einen weiten Blick über die verschneiten Dächer der Stadt. Eine seltsame Scheu hielt Rudolf davon ab, nach der Arbeit in das Büro des Hausvaters zu gehen, wo, wie er wußte, auch Herr Model seine Abende verbrachte, nachdem er vor Jahren Witwer geworden war. Ich muß dann mit ihm sprechen — über Vergangenes und Zukünftiges — und ich möchte so gern schweigen dürfen über das, was hinter mir liegt, und noch nicht an das Kommende rühren, dachte er. Ich weiß ja, daß es nicht immer so bleiben kann. Die Arbeit hier hat eines Tages ein Ende. Manchmal wünschte er sich, ein alter Mann zu sein, um in dem Frieden dieses Hauses bleiben zu dürfen und niemals mehr hinauszumüssen in die Stürme und Feindseligkeiten der Welt. Selbst die Haßgedanken hatte Rudolf für eine Weile verbannt. Auch das Geldverdienen war ihm bei weitem nicht mehr so wichtig wie vorher. Seinen Wochenlohn brachte er regelmäßig zur Sparkasse. Der Verdienst war nicht so groß wie in der Fabrik, aber das störte ihn nicht.

Am letzten Zahltag vor Weihnachten behielt er sein Geld in der Tasche. Zum erstenmal spürte er das Bedürfnis, Geschenke zu machen. Er wußte nicht so recht, wie das anzufangen sei, aber es drängte ihn, dem Hausvater mit seiner Hände Arbeit eine Freude zu bereiten. Als Junge hatte er gerne gezeichnet und Laubsägearbeiten ausgeführt. So besorgte er sich eine Laubsäge und Sperrholz und zeichnete nach einem Modellblatt ein kleines Krippenbild, das er sorgfältig aussägte, anmalte und mit rotem Papier hinterklebte. Wenn ihm selbst die Krippe von Bethlehem auch nichts bedeutete, so meinte er doch, daß sie für Herrn Model das Rechte sei. Und ihm wollte er ja eine Freude machen. Für Frau Meister kaufte er eine große Bonbonniere und für die „lahme Lene" und ihren Schatten je ein Viertel Kaffee vom besten. Die beiden hatten ihm einmal von ihrer Leidenschaft für das braune Getränk erzählt.

Der Heilige Abend, vor dem sich Rudolf Herbst im geheimen etwas fürchtete, verlief viel erfreulicher, als er es sich vorgestellt hatte. Die Arbeit für andere wurde ihm eine liebreiche Helferin. Zwei große Weihnachtsbäume mußten im Festraum des Altersheims aufgestellt werden, und die elektrische Baumbeleuchtung bedurfte zuvor noch der Reparatur. Das ganze Haus duftete nach frischgebackenem Kuchen und nach Tannengrün. Heimlich drückte Rudolf der lahmen Lene sein Päckchen in die Schürzentasche. „Erst unterm Weihnachtsbaum aufmachen — aber mal dran riechen dürfen Sie jetzt schon", sagte er und lief eilig davon.

Am Abend nahm ihn Herr Model zu der schlichten Feier im Altersheim mit. Wie sie da angehumpelt kamen auf Stöcken und Krücken — einige wurden sogar im Rollstuhl gefahren — und sich mit erwartungsvollen Augen um den Hausvater scharten! Rudolf hatte nicht das Gefühl, ausgestoßen zu sein. Zum erstenmal kam es ihm zum Bewußtsein, wie gut es doch war, jung und gesund zu sein, helfen zu können und nicht der Hilfe anderer zu bedürfen. Er schob Rollstühle heran und half dem Hausvater beim Verteilen der Gesangbücher. Ja, er ertappte sich sogar dabei, wie er im Chor der anderen die alten Weihnachtslieder mitsang. Von dem Text des Weihnachtsevangeliums, von der kurzen herzlichen Ansprache, die Herr Model hielt, drang wenig in Rudolfs Herz — aber doch war ihm wohl zumute. Nach der Feier gab es ein großes allgemeines Kaffeetrinken und Stollenessen. Und als die lahme Lene angehumpelt kam, ihm auf die Schulter klopfte und dankbar grinsend versicherte: „Sie sind doch ein guter Junge", da fühlte er sich beinahe glücklich.

Am ersten Feiertag wurde Rudolf zu einem Gänsebraten in die Familie des Hausmeisters eingeladen, und den zweiten benutzte er zu einem weiten Spaziergang in die schönen, bewaldeten Berge, die die Stadt wie ein Kranz umgaben.

In den stillen Tagen zwischen Weihnachten und Neujahr aber wollten die dunklen Wogen der Ratlosigkeit und des Verzagens, die für die kurze Zeit, seit sein Schifflein in der stillen, kleinen Bucht vor Anker lag, Ruhe gegeben hatten, ihn aufs neue überfluten. Er erkannte, daß seines Bleibens im Heim nicht mehr lange sein konnte. Die Arbeit ging zu Ende, in spätestens vierzehn Tagen würde sie abgeschlossen sein. Ich muß mit Herrn Model sprechen, ich kann nicht mehr wie ein Vogel Strauß meinen Kopf in den Sand stecken. Wenn ich länger bleibe, würde ich nicht mehr helfen, sondern belasten, und das will ich nicht, überlegte er.

Es war der Abend des 27. Dezember. Warm und behaglich umfing Rudolf die Atmosphäre seines kleinen Stübchens. Auf dem Tisch stand eine Vase mit Tannenzweigen. Der Weihnachtsteller, den ihm wie allen anderen Heiminsassen am Heiligen Abend das Haus beschert hatte, war noch fast gefüllt. Daneben lag aufgeschlagen ein Buch über moderne Schmiedekunst. Herr Model hatte es ihm zu Weihnachten geschenkt, weil Rudolf dem Hausvater gegenüber einmal erwähnt hatte, daß er sich schon von Jugend an sehr fürs Kunsthandwerk interessiert habe. Rudolfs Auge umfaßte sein kleines Reich, das ihm für kurze Zeit gehört hatte. Es war ihm liebgeworden — aber er würde es bald verlassen müssen. Alles, was man liebt, muß man hergeben, dachte er, und sein Sinn wurde wieder traurig — und hoffnungslos. Ich muß mit Herrn Model sprechen, ich muß mich meinem Schicksal stellen — aber heute abend noch nicht. Nur noch einen Tag, noch zwei Tage will ich warten, beschloß er. Seine Hand griff nach dem Buch, und seine Augen freuten sich an der Schönheit der Bilder.

Rudolf Herbst wußte nicht, daß sich drei Etagen tiefer im gleichen Hause und zu gleicher Zeit Herr Model sehr intensiv mit seinem Schicksal beschäftigte. Auch im Büro war es warm und gemütlich, auch hier standen Tannenzweige und der Weihnachtsteller auf dem Tisch. Hinter Rudolfs kleiner Weihnachtskrippe hatte Eberhard Model ein Licht entzündet. Mit ernsten Augen sah er auf das bescheidene Schnitzwerk, und seine Gedanken befaßten sich mit dem Menschen, der es ihm geschenkt hatte, und mit dessen rätselvollem Geschick. Nach einer Weile knipste er die Schreibtischlampe an und begann einen Brief.

„Liebes Fräulein Schreiber!

Gottes Segen zum neuen Jahr zuvor in herzlichem Gedenken! — In einer besonderen Angelegenheit wende ich mich heute an Sie. Vor mehreren Monaten empfahlen Sie mir einen jungen Menschen. Er hatte bei Ihnen im Heim übernachtet, als er gerade nach Verbüßung einer langen Freiheitsstrafe aus dem Zuchthaus entlassen worden war. Sie hatten sich seiner liebevoll angenommen, wie er mir erzählte. Können Sie sich noch an den Fall erinnern? Vor Wochen kam dieser Rudolf Herbst zu mir und überbrachte mir Ihren Gruß. Er war in einem Zustand völliger Verzweiflung. Aus diesem Grund und weil er mir von Ihnen empfohlen war, behielt ich ihn bis jetzt hier. Er übernahm im Haus viel unerledigte Kleinreparaturen und fügte sich in unsere Gemeinschaft sehr gut ein. Dieser Mann erzählte mir sein Schicksal. Er behauptet, er sei zu Unrecht verurteilt, ein anderer habe das Verbrechen begangen, für das er büßen mußte. Er glaubt sogar, einige, allerdings bei weitem nicht ausreichende Beweisstücke in Händen zu haben und jagt dem vermeintlichen Verbrecher nach, um seine Unschuld zu beweisen. Ich habe mich ohne sein Wissen mit dem Leiter der Strafanstalt in Verbindung gesetzt. Der Indizienbeweis, auf Grund dessen Herbst verurteilt wurde, ist einwandfrei. Im übrigen stellte ihm der Direktor ein sehr gutes Zeugnis aus. Herbst wurde ja auch wegen einwandfreier Führung vorzeitig entlassen. Ich habe ihn während seines Hierseins aufmerksam beobachtet. Wie ein Verbrecher sieht er wahrlich nicht aus; und ich glaube einfach nicht daran, daß er die Tat begangen hat. Und wenn er es trotzdem im Zustand der Trunkenheit — in großer Jugend — vielleicht verführt — getan haben sollte? Wer hätte das Recht, über ihn zu Gericht zu sitzen? Ich am wenigsten, der ich selber nur von der vergebenden Gnade Gottes lebe. Sie wissen, was ich meine.

Die Arbeit hier im Heim geht zu Ende. Darf man einen Menschen wie diesen Rudolf Herbst wieder in die erbarmungslose Welt zurückstoßen? Der erste Versuch in einer Fabrik schlug fehl, seine schlimme Lage wurde von gemeinen Menschen ausgenutzt. Aber wohin mit ihm? Wer wird das Wagnis, einen vermeintlichen Totschläger anzustellen, auf sich nehmen? Es bleibt nur eins: das Gebet. Und nun komme ich zu Ihnen mit der großen Bitte: vereinigen Sie sich mit mir im Gebet für diesen Menschen, daß wir einen Weg finden möchten, ihm auf die rechte Art zu helfen.

Im Herrn verbunden, grüßt Sie
Ihr Eberhard Model."

Am frühen Nachmittag des Silvestertages saß der Hausvater in seinem Büro und sah die Neujahrspost durch. Freudig griff er nach einem Brief, der die bekannte Schrift Angelika Schreibers zeigte.

„Lieber Herr Model!

Für Ihre Neujahrswünsche danke ich Ihnen und erwidere sie aufs herzlichste. Gott möge Sie und Ihre Arbeit segnen wie bisher.

An den jungen Menschen, der damals zu mir kam, habe ich immer wieder denken müssen. Wie froh bin ich, daß er in Ihre Hände geriet! Gern will ich mich im Gebet mit Ihnen für ihn vereinigen, und ich bin gewiß, daß Gott uns hören und erhören wird. Wir haben ja die Verheißung, daß er die Gebete der Menschen erhört, die im Namen unseres Herrn und Heilandes Jesus Christus zu ihm kommen.

Herzlichst
Ihre Angelika Schreiber."

Der Hausvater legte den Brief beiseite. Einer plötzlichen Eingebung folgend, stieg er in das Dachgeschoß empor. Vor der Tür von Rudolf Herbsts Stube blieb er einen Augenblick lauschend stehen. Er hörte keinen Laut. Sollte der Insasse ausgegangen sein?

Auf sein leises Klopfen ertönte ein zögerndes „Herein". Rudolf saß am Tisch und sah verwirrt auf, als er Herrn Model vor sich stehen sah.

„Was haben Sie denn da?" fragte dieser und nahm eine Zeichnung in die Hand.

„Es war nur ein Versuch. Das schöne Buch, das Sie mir zum Fest geschenkt haben, hat mich angeregt."

„Das ist ja prachtvoll, dieses schmiedeeiserne Tor und das Treppengeländer dazu!" rief Herr Model aus. „Die Kunstschlosserei kommt jetzt wieder zu Ehren, seitdem sich die moderne Architektur ihrer bedient. Da kommt mir ein Gedanke. Doch nein — ich will noch nicht mit Ihnen darüber sprechen. Dürfte ich mir diese Blätter einmal mitnehmen?"

„Bitte, aber sie sind sehr unvollkommen. Ich habe nur ein paar Versuche gewagt."

Der Hausvater steckte die Bogen in seine Tasche. „Mein Besuch hat einen besonderen Grund, Herr Herbst. Ich wollte Sie fragen, ob Sie mit mir heute die Silvesternacht verbringen möchten. — Ja, ich bin einsam, obgleich ich viele Bekannte und Freunde habe. Aber sie sind heute nacht mit ihren Familien zusammen, und ich denke immer, dazu gehört kein Außenstehender. So habe ich stets die Einladungen abgelehnt, die ich in den Jahren, seitdem meine Frau nicht mehr lebt, immer wieder bekommen habe. Jetzt wissen meine Freunde darum und bitten mich nicht mehr.

Aber wir zwei Einsame — ich denke, das wäre schon recht. — Jetzt muß ich noch einen wichtigen Gang tun, danach besuche ich den Silvestergottesdienst in der Andreaskirche. Aber nach dem Abendbrot bin ich in meinem Büro. Ist es Ihnen recht?"

Dankbar und doch ein wenig beklommen schlug Rudolf in die dargebotene Hand.

Im Büro war es traulich und warm. Auf dem Tisch stand eine Flasche guten Rotweins und daneben eine Schale mit Weihnachtsgebäck. Trotzdem wollte sich kein rechtes Gespräch zwischen den beiden an Alter und Lebensauffassung so verschiedenen Männern anbahnen. Das einzig Gemeinsame, die Einsamkeit, genügte eben doch nicht für den Brückenschlag, empfand Eberhard Model. Mit hellem Schlag verkündete die Uhr auf dem Schreibtisch die zehnte Stunde.

Was würde das neue Jahr bringen? Vor allem diesem jungen Menschen, der zagend vor dem dunklen Tor stand, weil er einmal herausgerissen worden war aus dem sicheren Bereich des bürgerlichen Lebens? Er, Eberhard Model, wußte, wie das tat. Keiner wußte es so genau wie er!

Rudolf Herbsts Gesicht trug wieder den gequälten Ausdruck der ersten Tage nach seiner Ankunft. Vielleicht wollte auch er sprechen und konnte das Wort nicht finden. Einer von uns muß den Anfang machen, dachte Eberhard Model. „Herr Herbst, ich möchte mit Ihnen über Ihre Zukunft sprechen."

„Habe ich überhaupt eine Zukunft?"

„Doch, Herr Herbst, ich hoffe es. Ich habe heute abend in Ihrem Interesse einen Weg gemacht. Als ich die Zeichnung bei Ihnen sah, kam mir ein Gedanke.

Ein guter, alter Freund von mir lebt am Rande dieser Stadt. Er betreibt dort eine Bauschlosserei und hat sich in der letzten Zeit mehr und mehr mit Kunstschlosser-Arbeiten beschäftigt. Der Bedarf ist gestiegen und steigt noch immer. Meister Heinze ist ein rüstiger Sechziger. Über dreißig Jahre arbeitet ein Altgeselle bei ihm, ein stiller Mensch, der leider an einer Magenkrankheit leidet und für lange Zeit, vielleicht für immer, fortgehen muß. Da wäre eine Hilfe dringend nötig."

„Ja, aber Sie wissen, Herr Model — Sie kennen meine Schwierigkeiten. Nach dem, was ich kürzlich erlebt habe, fehlt mir zu allem der Mut."

„Daran habe ich gedacht und heute abend mit Meister Heinze darüber gesprochen. Er hat mir zugesagt, sich die Angelegenheit durch den Kopf gehen zu lassen."

„Er wird es nicht wagen", sagte Rudolf Herbst im Ton tiefster Niedergeschlagenheit. „Wer wagt es denn, einen, von dem es heißt, er sei ein Totschläger, in sein Haus zu nehmen?"

„O doch, Herr Herbst, es gibt schon Menschen, die es wagen", unterbrach ihn Eberhard Model in entschiedenem Ton. „Ich selber, und soweit ich meinen Freund Heinze kenne, auch er. Aber er steht nicht allein. Er hat eine Frau, die seit fünfzehn Jahren gelähmt ist, und eine einzige Tochter, mit denen er sich besprechen muß."

„Sie werden es nicht tun — Frauen fürchten sich —"

„Nicht alle Frauen, Herr Herbst. Heute erst erhielt ich einen Brief von einer jener Frauen, die sich nicht fürchten. Sie kennen sie ebenfalls."

„Ich?"

„Ja, Sie. Es ist dieselbe, die Sie mir empfohlen hat, deren Gruß Sie mir überbrachten."

Rudolf erinnerte sich an das liebevolle, alte Gesicht, die schweren, hinkenden Schritte und die gütige Stimme.

„Weshalb hat sich diese Frau meiner angenommen? Weshalb haben Sie sich um mich gekümmert?" fragte er. Und nach einer Weile ängstlich und doch voll heißer Spannung: „Glauben Sie etwa an meine Unschuld?"

Der Hausvater antwortete nicht sogleich. „Mein Verstand nicht, Herr Herbst. Wie könnte er auch? Sie sind rechtskräftig verurteilt, und zuvor scheinen doch alle Möglichkeiten auf das gewissenhafteste geprüft worden zu sein. Aber es gibt außerhalb des Verstandes noch etwas: das Herz! Und das sagt mir etwas anderes."

„Könnte Ihr Herz an meine Unschuld glauben?"

„Ja, so widersinnig es ist — ja."

„Oh, Herr Model!" Rudolf Herbst war bis in die Lippen erblaßt. Schon einmal hatte ein Mensch zu ihm gesagt: „Ich hätte an Sie geglaubt" — eine kleines Mädchen, seine Schwester Sonja. In diesem Augenblick mußte er an das Kind denken. Es mußte jetzt sicher in seinem einsamen Stübchen liegen, während die Eltern mit Bekannten den Silvesterabend begingen. Wie hatte das Kind gesagt? „Haben Sie die Geschichte denn keinem so erzählt wie mir?"

Plötzlich fühlte Rudolf das Bedürfnis, über sein Schicksal zu sprechen, nicht in dürren Worten, sondern anders, ganz anders; zu erzählen von dem, was er gelitten hatte, von dem Verlust des Vaters, von der allmählichen Abkehr der Mutter und ihrer Hinneigung zu dem Mann, den er verabscheute. Sprechen wollte er von dem schicksalhaften Abend, von dessen entscheidenden Stunden er so wenig wußte, von dem furchtbaren Erwachen aus der dumpfen Trunkenheit am nächsten Morgen! Der ganze Prozeß wurde wieder lebendig mit der grausigen Beschuldigung, daß er der Mörder seines Onkels sei.

„Wie hätte ich meinen Onkel töten können, den ich liebte und brauchte wie keinen anderen Menschen!" rief Rudolf erregt. „Man hat mir vorgeworfen, ich wollte das Geld haben. Wozu denn? Zur Anschaffung eines Motorrades etwa? Ich hätte natürlich gerne eins gehabt, aber so wichtig war es mir nicht. Besonders an dem bewußten Abend habe ich keine Gedanken an äußere Dinge gehabt. Der Kummer um meine Mutter füllte mich ganz aus. Ich habe versucht, dem Richter meinen Seelenzustand klarzumachen. Aber gerade dieser Schmerz wurde mir auch als Tatmotiv ausgelegt. Alle Beweise standen gegen mich. Die Indizien stimmten haargenau. Ich konnte sie nicht widerlegen, konnte keine Gegenbeweise bringen, nur immer wieder versichern, beteuern, beschwören: ich habe es nicht getan. Aber man glaubte mir nicht. — Auf den Gedanken, daß mein Freund der Täter sein könnte, bin ich damals gar nicht gekommen. Er hatte ja auch ein einwandfreies Alibi. Ich war zu unerfahren und zu ahnungslos, um annehmen zu können, daß auch ein durch einen Eid bekräftigtes Alibi falsch sein könnte. Erst viel später, nachdem ich wirkliche Verbrecher kennengelernt hatte, wurde mir klar, daß niemand anders als mein ehemaliger Freund der Täter sein mußte — aber da befand ich mich schon längst an dem Ort, in dem man sich nicht mehr verteidigen kann. — Und dann dort sitzen zu müssen, ein Jahr um das andere, eine Silvesternacht um die andere — ohnmächtig — unschuldig!" Ein trockenes Schluchzen entrang sich der Kehle des Mannes. Er verbarg sein Gesicht in den Händen. „Unschuldig! Verstehen Sie, was das heißt, Herr Model, unschuldig!"

„Glauben Sie, Herr Herbst, daß es leichter ist, im Gefängnis zu sein, wenn man schuldig ist?" fragte der Hausvater.

„Ich weiß es nicht."

„Aber ich."

„Sie?"

„Ja — ich."

Wieder holte die Uhr zum Schlag aus: elfmal. „Noch eine Stunde bis Mitternacht", sagte Eberhard Model und blickte auf die Uhr, die auf seinem Schreibtisch stand. „Sie stammt noch aus meinem Elternhaus, die alte Uhr. — Und jetzt möchte auch ich Ihnen etwas erzählen."

Rudolf Herbst hörte von behüteten Kinderjahren unter den Augen eines frommen Vaters, der den Sohn erzog nach den fest umrissenen Gesetzen eines streng gläubigen Elternhauses. Oh, der Vater hatte ihm alles gegeben, von dem er glaubte, daß es das Richtige für den Sohn sei: gute Erziehung, Pflege von Geist und Körper. Aber etwas enthielt er ihm vor: die persönliche Freiheit. Und nichts begehrte das junge Herz so heiß wie eben diese Freiheit. Jede, aber auch die kleinste Eigenmächtigkeit des Kindes wurde streng geahndet. Daran konnte auch die zärtlichste Mutterliebe nichts ändern. Schon in der Schulzeit kam es zu Zerwürfnissen zwischen Vater und Sohn, um Kleinigkeiten zunächst. — Der Junge wünschte sich ein neues Fahrrad, wie es seine Schulkameraden besaßen, die ihn oft genug mit seiner alten Karre neckten. Der Vater erfüllte ihm den Wunsch nicht. „Dein Rad ist noch gut genug. Bring es zu Meister Hache", sagte er, „für das Geld, das wir sparen, können wir ein gutes Werk tun. Ich hatte schon längst vor, meinen Missionsbeitrag zu erhöhen."

Der Sohn murrte: „An die Heiden denkt der Vater, daß sich meine Mitschüler über mich lustig machen, ist ihm gleichgültig."

Ein anderes Mal wurde dem Jungen die Teilnahme an einem Sommerfest versagt, weil sich Vergnügungen an die Sportvorführungen anschließen sollten. Er schämte sich, vor seinen Schulkameraden einzugestehen, daß der Vater ihm die Teilnahme am Fest verboten hatte. Die Mitschüler hänselten ihn schon sowieso und nannten ihn den „keuschen Josef" oder den „frommen Model". Anstatt sich tapfer gegen die Spötter zu wehren, richtete er seinen ohnmächtigen Zorn gegen die Eltern. Er sah nur, was ihm versagt wurde, er hielt seiner Eltern Ansicht für eng und unduldsam. Das große persönliche Opfer, das sie täglich brachten, sah er nicht. Der Vater gab den zehnten Teil seines nicht sehr großen Einkommens freiwillig für die Mission und stellte Zeit und Kraft in den Dienst der Reichsgottesarbeit.

Mit sechzehn Jahren, nach Erreichen der mittleren Reife, verließ der Junge das Gymnasium. Daß er dadurch seinem Vater, der ihn gern bis zum Abitur gebracht hätte, Kummer bereitete, bemerkte er kaum. Auf eigenen Wunsch trat er als Lehrling in eine Bank ein. Täglich viel Geld zu sehen, bedeutet eine große Versuchung für einen jungen Menschen, der knapp gehalten wird. Geld, so glaubte der Junge damals, sei der Schlüssel zu allem Begehrenswerten — und das Tor zur Freiheit. Eines Tages war er dann mit einem größeren Geldbetrag, den er in einem Geschäft abliefern sollte, in eine Motorradhandlung gegangen und hatte sich eines jener blitzenden Fahrzeuge gekauft, das er schon lange heimlich begehrte, um damit in die vermeintliche Freiheit zu brausen. Daran, daß daraus die bitterste Knechtschaft seines Lebens werden würde, hatte der Leichtsinnige und Gewissenlose nicht gedacht.

Der Hausvater war aufgesprungen. Mit langen Schritten durchmaß er das Zimmer. Rudolf verfolgte ihn mit den Augen. Etwas zu sagen, wagte er nicht.

Eberhard Model schloß: „Was danach folgte, war der traurige Ablauf eines unvermeidlichen Geschehens: Jugendgericht und als Strafe ein Vierteljahr Jugendhaft. Während dieser Monate hatte ich Zeit, über meine Tat nachzudenken, und ich besorgte es gründlich. Ich gelobte mir, ein anderes, ein besseres Leben anzufangen — aber es war zu spät."

„Zu spät? Aber Herr Model — Ihr Vergehen war doch geringfügig, Ihre Strafe kurz, Ihr Leben nicht verpfuscht wie das meine. Sie hatten doch die Möglichkeit, neu anzufangen. Ihnen legte niemand zur Last, einen Menschen getötet zu haben."

„So, meinen Sie? Nein, zur Last legte man es mir nicht — aber ich habe es getan."

„Das ist doch unmöglich!" Rudolf Herbst stieß es fassungslos hervor.

„Doch, meine Mutter starb. Sie war schon immer schwer herzkrank gewesen. Der Kummer um mich löschte ihr glimmendes Lebenslicht aus. Aus dem Gefängnis wurde ich an ihr Sterbelager gerufen. Damals sind mir die Augen aufgegangen über meine Eltern und über den Ernst ihres Glaubens. Meines Vaters Haare waren schneeweiß geworden vor Gram, aber er hat mich nicht mit Vorwürfen überhäuft, sondern er hat mir vergeben. Wieviel mag er damals von seinen Mitmenschen erduldet haben? Von seinen Glaubensbrüdern an Mitleid, das oft, wenn es nicht aus ganz gutem und reinem Herzen kommt, so bitter weh tun kann, und von den anderen an heimlichem Spott. ‚Da sieht er's, der fromme Mann. Sein einziges Kind ist ein verlorener Sohn, und seine Frau stirbt ihm vor Kummer!' Mein Vater lebte zu der Zeit in einer kleinen Stadt, in der jeder den anderen kannte, und er war der Klatschsucht, Schadenfreude und Verfemung seiner Mitbürger ausgesetzt. — Er ist trotzdem nicht irre geworden an seinem Gott. Das schwere Geschick trug er mit Demut und hörte niemals auf, für mich zu beten und zu sorgen. — Bei einem Glaubensbruder meines Vaters fand ich Aufnahme nach meiner Entlassung aus dem Jugendgefängnis. Er besaß eine Gärtnerei. Nach Jahren einfacher Arbeit ermöglichte es mir mein Vater, in einer Diakonen-Anstalt unterzukommen. Man nahm mich probeweise auf, und ich bestand. Damals war ich im zweiten Stadium der Buße angekommen."

„Wie meinen Sie das, Herr Model? Das verstehe ich nicht", unterbrach Rudolf.

„Ich sagte Ihnen schon, daß ich mir im Gefängnis fest vorgenommen hatte, ein anderes Leben anzufangen, und daß ich diesen Entschluß auch durchgeführt habe. Das war das erste Stadium. Vor der Welt, vor den Menschen hätte es genügt. Menschen sehen nur das, was ihre Augen sehen. Das zweite Stadium erlebte ich während meiner Ausbildungszeit. Ich bemühte mich, ein frommer Mensch zu werden, gute Werke zu tun, ein streng rechtliches Leben zu führen. Aber das andere — das Größte und Wichtigste kann man nicht erwerben, es muß geschenkt werden." Der Hausvater stand auf und schaltete die Stehlampe aus. Es wurde dunkel im Raum. Er ergriff ein Streichholz und zündete die dicke Wachskerze an, die in einem bescheidenen Leuchter auf dem Tisch stand. „Sehen Sie, so war das, Herr Herbst. Wie diese Kerze, die ich eben im dunklen Raum angezündet habe, so ging mir das Gnadenlicht Gottes auf. Es leuchtete in die verborgensten Falten meiner Seele und zeigte mir zunächst die ganze Größe meiner Schuld. Es führte mich aber zugleich zur rechten Reue und Buße und damit zu dem, der die Sünde abwäscht durch sein heiliges, versöhnendes Blut: zu unserem Herrn und Heiland Jesus Christus.

Es war zuerst sehr schwer für mich. Mir schien alles genommen, was ich glaubte schon gewonnen zu haben. Aber dann empfing ich unendlich viel mehr! Das Licht der Kerze nehmen wir ja auch erst wahr, wenn es ringsum dunkel ist. Genauso ist es mit dem Gnadenlicht Gottes. Je dunkler das menschliche Leben geworden ist durch Schuld oder Not, um so überwältigender ist dieser Einbruch des Lichts! —

Sie haben mich vorhin gefragt, Herr Herbst, weshalb

ich mich Ihrer annehme. Ich antworte Ihnen: weil ich es tun muß. Weil mir Gott die Augen geöffnet hat damals, nicht nur für meine Schuld und Not, sondern auch für die meiner Mitmenschen. Und weil mir Barmherzigkeit widerfahren ist — werde ich nicht müde."

Die Uhr holte zum Schlage aus. Mitternacht! Eberhard Model trat zum Fenster und öffnete es. „Gleich beginnen die Glocken zu läuten", sagte er. Und dann tönte es herauf aus der nächtlichen Stadt: die vollen Glocken des Doms, die hellen der Andreaskirche und all die vielen anderen. Der Hausvater schaltete den Radioapparat ein. Eine schöne, tiefe Stimme sprach die Worte des Neujahrsliedes:

> „Und endlich, was das meiste,
> füll uns mit deinem Geiste,
> der uns hier herrlich ziere
> und dort zum Himmel führe."

Drunten in der Stadt wurde es lebendig. Schüsse knallten, Leuchtkörper stiegen gen Himmel, Menschen schrien und jubelten. Eberhard Model schloß das Fenster. „Ich denke, das ist nichts für uns", sagte er und trat in das Zimmer zurück.

Rudolf hatte stumm in seinem Sessel gesessen. „Aus welchem Grunde haben Sie mir das alles erzählt?" brachte er schließlich heraus. „Weshalb geben Sie sich so viel Mühe mit mir? Sie wissen ja gar nicht sicher, ob —"

Der Hausvater legte seine Hand auf die Schulter des jungen Mannes. „Sie könnten mein Sohn sein", sagte er warm.

„Ein schlechter Sohn, der dem Vater so viel Mühe

und Kummer macht." Und nach einer Weile zaghaft:
„Ist der Meister Heinze — denkt er auch so wie Sie?"

„Ja, Herr Herbst, genau so."

„Würden Sie noch einmal mit ihm sprechen — meinetwegen?"

„Ja, gleich morgen. Ich bin morgen zum Mittagessen bei der Familie Heinze eingeladen. — Und nun, Herr Herbst, Gottes Segen zum neuen Jahr!"

In der Brunnenstraße lagen die Gebäude nicht so dicht beieinander wie in der Mitte der Stadt. Ab und an wagte sich sogar ein schmales Gärtchen, jetzt im Januar kahl und öde, zwischen die Häuserlücken. Es gab natürlich auch hier große Bauten modernen Stils. Zwischen einem Selbstbedienungsladen und einer Tankstelle mit riesigen Werkstatthallen dahinter erhob sich der Schulhausneubau, der beinahe ganz aus Glas bestand. Aber das meiste waren einstöckige Häuser mit Toreinfahrten, die von der bäuerlichen Vergangenheit dieses Vorortes zeugten.

Vor einem dieser niedrigen Häuser, dessen Giebel der Straße zugekehrt war, blieb Rudolf Herbst stehen. Es war die Nummer 15. Ein schönes Tor aus Eichenholz mit schmiedeeisernen Beschlägen schloß den nicht sehr großen, gepflasterten Hof von der Straße ab. Über der Tür war ein Schild angebracht: „Bau- und Kunstschlosserei von Wilhelm Heinze, Schlossermeister."

Rudolf Herbst trat in den Hofraum. Die bleiche Januarsonne beleuchtete zur linken Hand das langgestreckte Wohnhaus. Auf der anderen Seite des Hofes schien sich die Werkstatt zu befinden. Das Geräusch eines Elektromotors zeigte es an. Die Tiefe des Hofes wurde durch einen Drahtzaun abgegrenzt, über den die braunen Äste eines Apfelbaumes ragten. Einen Garten scheint es hier auch zu geben, dachte Rudolf flüchtig. Nähere Einzelheiten vermochte er nicht in sich aufzunehmen, dazu war er zu erregt. Ein kleines Schild: „Kontor" wies ihn ins Wohnhaus.

Auf sein Klingeln öffnete ein Mädchen die Haustür und fragte in freundlichem Ton: „Sie wünschen?"

Rudolfs Herz hämmerte stürmisch, während er seinen Namen nannte. Ein feines Rot stieg in das bräunliche Gesicht des Mädchens. Es machte eine einladende Bewegung in Richtung der Tür, auf der ein zweites Mal „Kontor" stand.

„Wollen Sie bitte eintreten? Herr Model hat Sie angemeldet."

Wieder tut mir der Name Model eine Tür auf, dachte Rudolf, während er dem Mädchen in den nächsten Raum folgte. Im Ofen brannte ein munteres Feuer, es knisterte und verbreitete angenehmen Harzgeruch und wohltuende Wärme. Nicht viele Möbel befanden sich in dem kleinen Zimmer. Blütenweiße, geraffte Gardinen waren vor den Fenstern. Auf den Simsen standen Blumen. Eine Hyazinthe sandte ihren zarten Frühlingsduft dem Eintretenden entgegen, der sich befangen auf dem angebotenen Stuhl niederließ. Das Mädchen hatte hinter dem Schreibtisch Platz genommen. Es sah den Besucher auffordernd an, dabei blitzten seine scharfen Brillengläser. Eine unangenehme Erinnerung tauchte in Rudolfs Unterbewußtsein auf und machte ihn noch befangener, als er es schon war.

„Ich komme — ich wollte mich bei Herrn Heinze um eine Stelle in seiner Schlosserei bewerben", begann er stockend.

„Wir sind durch Herrn Model informiert — geben Sie mir bitte Ihre Papiere", sagte das Mädchen.

Umständlich kramte Rudolf Herbst in seiner Aktentasche herum. Gleich wird sie schwarz auf weiß sehen, mit wem sie es zu tun hat, dachte er beklommen. In die entstandene Stille hörte er eine Stimme sagen: „Hanne, so fordere doch den Herrn zum Ablegen auf. Es wird ihm hier zu warm werden." Verwirrt blickte Rudolf um sich und entdeckte, daß die Tür zum Nebenzimmer weit aufstand. Auch dort sah er weiße Vorhänge und blühende Blumen vor dem Fenster und davor, in einer Art Rollstuhl sitzend, eine Frauengestalt. Eine alte Frau — oder doch nicht alt? Weiße, wellige Haare umgaben das schmale Gesicht, das deutliche Spuren früherer Schönheit trug. Große dunkle Augen leuchteten in jugendlichem Glanz — aber die Gestalt war gebeugt und krumm wie die einer Greisin.

„Legen Sie ab", wandte sie sich direkt an ihn, „Sie sind doch der Herr Herbst, von dem uns Herr Model erzählte, nicht wahr? Treten Sie ein und setzen Sie sich zu mir, während meine Tochter Ihre Papiere durchsieht und Ihre Anmeldung ausschreibt. In einer Viertelstunde ist Frühstückszeit, dann kommen mein Mann und unser Lehrling Martin herein. Wir essen gemeinsam. Dabei können Sie sich am besten kennenlernen."

Das alles ging mit einer solchen Selbstverständlichkeit vor sich, daß Rudolf sehr bald ein Stück seiner anfänglichen Befangenheit verlor und den angebotenen Stuhl im Wohnzimmer annahm.

„Setzen Sie sich bitte so, daß ich Sie sehen kann", sagte die freundliche Frauenstimme. „Ich weiß nicht, ob Ihnen Herr Model erzählt hat, daß ich gelähmt bin? Seit einiger Zeit hat sich noch ein sehr unangenehmes rheumatisches Leiden dazugesellt, besonders im Rücken und Nacken plagt es mich. Ich kann mich nicht drehen. Leider macht sich jeder Wetterwechsel bemerkbar — ich fürchte, wir bekommen Sturm."

Wie schwer muß es sein, immer krumm und steif dasitzen zu müssen, dachte Rudolf und rückte seinen Stuhl so, daß er im Blickfeld der Kranken saß.

„Bevor die Männer kommen, möchte ich Sie noch auf etwas aufmerksam machen, Herr Herbst. Unser Martin hat einen Sprachfehler. Er wird im Anfang kaum mit Ihnen sprechen mögen, weil er sich geniert. Denken Sie deshalb nicht, daß er dumm ist, wie es viele Menschen meinen. Er hat eine schreckliche Kindheit gehabt. Man hat ihn seinen Eltern fortgenommen und in ein Heim mit geistig zurückgebliebenen Kindern gesteckt, wohin er nicht gehörte. Jetzt entwickelt er sich gut, und mein Mann hofft bestimmt, daß er seine Prüfung macht. Vielleicht wird es ein bißchen länger dauern als bei einem anderen Lehrling. Geduld gehört dazu, ihm alles Nötige beizubringen. Aber Martin vergilt meinem Mann seine Mühe durch Anhänglichkeit und nimmt ihm schon jetzt viel Arbeit ab. Sie sollen das wissen, bevor Sie den Jungen kennenlernen, um sich kein falsches Bild von ihm zu machen."

Ehe Rudolf antworten konnte, wurde er durch eine leise Berührung abgelenkt und bemerkte, daß noch jemand im Zimmer war. Ein dicker, brauner Dackel mit seidigem Fell schob sich neben seinen Stuhl und beschnupperte seine Füße. Kluge Hundeaugen musterten ihn gründlich, und plötzlich machte das Tier den Versuch, an ihm hochzuspringen, um seine Hand zu lecken.

In das ernste Gesicht der Frau trat ein heiterer Schein: „Das ist Bella — leider wird sie etwas dick, weil sie zuviel bei mir im Zimmer liegt. Sie scheint Zutrauen zu Ihnen gefaßt zu haben. Nicht viele begrüßt sie so freundlich."

Inzwischen war das Mädchen, das die Mutter Hanne nannte, ins Wohnzimmer getreten und legte ein Anmeldeformular vor Rudolf auf den Tisch. „Ich hoffe, daß Sie gleich bei uns anfangen können." Durch die Brillengläser sahen ihn zwei braune Augen fragend an. „Vater braucht dringend Hilfe. Herr Model hat Ihnen sicher gesagt, daß unser langjähriger Mitarbeiter schwer krank ist und vielleicht nie wiederkommen kann. Wollen Sie bitte das Formular ausfüllen? Vielleicht tun Sie es lieber nebenan im Kontor, während ich hier den Frühstückstisch decke."

So einfach macht man es mir, dachte Rudolf Herbst erleichtert, während er schrieb, und wie sehr hatte ich mich doch davor gefürchtet, daß wieder fremde Menschen in meine Angelegenheiten Einblick gewinnen. Durch die offene Tür beobachtete er die hin und her gehende Haustochter, wie sie mit gleichmütigem Gesicht den Tisch deckte. Sie mußte doch seine Papiere soeben gelesen haben, aber es war ihr keine Veränderung anzumerken.

Hanne Heinze mochte ein paar Jahre jünger sein als er selbst. Sie war mittelgroß und schlank gewachsen und trug zu einem braunen Rock eine weiße Hemdbluse, deren offener Kragen über einem ebenfalls braunen Trachtenjanker aufgeschlagen lag. Die dunklen Haare waren streng in der Mitte gescheitelt und am Hinterkopf zu einem Knoten zusammengerafft.

Punkt neun wurde es in der Küche lebendig, der Wasserhahn rauschte, schweres Schuhwerk stapfte über die Fliesen, und eine tiefe, sympathische Stimme fragte: „Na, Hannchen, ist alles klar zum Frühstück?"

„Ja, Vater, und Herr Herbst ist auch da, er sitzt bei

Mutter in der Wohnstube. Ich habe gleich für ihn mitgedeckt."

„Ist gut, mein Döchting, wolln ihn uns gleich mal anschaun, und wenn's klappt, kann er meinetwegen sofort anfangen."

„Bella mag ihn", flüsterte Hanne, während sie hinter dem Vater mit einer Kanne dampfenden Kaffees die Wohnstube betrat. Dann erschien noch mit verlegenem Gesicht der Lehrjunge Martin. Er machte während der ganzen Mahlzeit den Mund nur zum Essen auf, aber das besorgte er gründlich.

Schon am Nachmittag, nachdem er seinen großen Koffer vom Übernachtungsheim abgeholt hatte, fing Rudolf mit der Arbeit an. Zunächst übertrug ihm Meister Heinze eine Menge Kleinreparaturen, die sich seit der Krankheit des Altgesellen angehäuft hatten. Diese Arbeit war Rudolf lieb, weil er sich damit, dank seiner Tätigkeit in den letzten Wochen, auf bekanntem Gebiet befand.

Hinter der geräumigen, hellen Werkstatt lag eine große heizbare Kammer. Dort hauste der Lehrjunge Martin. Es stand noch ein zweites Bett im Raum, in dem Rudolf schlafen sollte. Während jedoch Hanne Handtücher und Bettzeug für den neuen Hausgenossen aus dem Wäscheschrank nahm, kamen ihr allerlei Gedanken. Plötzlich machte sie eine energische Bewegung mit dem Kopf und stieg, anstatt über den Hof in die Kammer hinter der Werkstatt zu gehen, die Bodentreppe im Haus empor. Auf dem linken Arm die Wäschestücke, in der rechten Hand eine gefüllte Wasserkanne, öffnete sie mit dem Ellbogen die Tür zum Giebelzimmer.

Staub flirrte in den matten Strahlen der Januarsonne. Die Luft in dem lange nicht benutzten Raum war dumpf. Hanne ließ die Wäschestücke auf das Bett gleiten und öffnete das Fenster. Die frische Winterluft strömte herein. Hanne gehörte zu den Menschen, die immer in Bewegung sind. Auch jetzt nahm sie sich nur einen kurzen Augenblick Zeit, das liebe kleine Reich des gefallenen Bruders mit ihren Blicken zu streicheln. Wehmütigen Erinnerungen gab sie sich nicht hin, das war nicht ihre Art. Sie legte die Betten aus, klopfte und bürstete sie und eilte noch einmal nach unten, um sich Besen, Eimer und Scheuertuch zu holen. Schon nach einer halben Stunde glänzte das kleine Stübchen vor Sauberkeit, wie es zu Zeiten des Bruders geblinkt und geblitzt hatte. Möge er gern hier sein und Frieden finden, dachte Hanne, während sie die Treppe abwärts ging, um sich den vielen und verschiedenartigen Pflichten zu widmen, die immer auf sie warteten.

An eine dieser Pflichten, und es war eine nicht immer angenehme, wurde sie erinnert, als sie ins Wohnzimmer trat, um nach der Mutter zu sehen. Aus dem Lehnstuhl erhob sich ein kleiner, rosiger Herr und streckte ihr die Hand entgegen. „Ei sieh da, die Jungfer Hanne — schwer beschäftigt wie immer."

„Du siehst es, Onkel Theo", sagte das Mädchen, etwas kurz angebunden.

„Und nun komme auch ich noch mit einer bescheidenen Bitte." Er griff nach einem Paket, das neben ihm auf dem Fußboden lag, und wollte es seiner Nichte überreichen. Aber er hatte nicht mit Bella gerechnet. Die Hündin hatte das lose zusammengeschnürte, weiche Bündel offenbar für ein Kissen gehalten und es sich darauf bequem gemacht. Jetzt stieß sie einen beleidigten Knurrlaut aus und funkelte Onkel Theobald böse an.

„Geh in dein Körbchen, Bella", besänftigte Hanne sie und nahm das Bündel auf.

„Ich dachte, du könntest meine Wäsche mal schnell mit durch die Maschine laufen lassen", sagte der Onkel beiläufig und wandte sich wieder der gelähmten Frau zu, die seine Schwester war.

Ohne ein Wort zu sagen, trug Hanne den ansehnlichen Packen in die Küche. Dieses „Schnell-durch-die-Maschine-laufen-lassen" kannte sie. Es bedeutete waschen, trocknen, bügeln und geschah pünktlich alle vier Wochen, seitdem die Tante vor einem Jahr gestorben war. Zum Dank dafür überreichte Herr Theobald Stenzel, seines Zeichens Steueroberamtmann i. R., der Nichte von Zeit zu Zeit ein etwas seltsames Geschenk. Das letzte Mal war es eine goldene Halskette gewesen mit einem Anhänger aus Amethysten. Onkel Theobald wußte zwar sehr gut, daß seine Nichte sich nicht gern mit Schmuck behing. „Wird aber Zeit für dich, Jungfer Hanne", hatte er sie angezwinkert, während er ihr das Schmuckstück überreichte, „die Rosengärten stehen bereit." In solchen und ähnlichen Andeutungen erging er sich in letzter Zeit, und Hanne wußte genau, auf was sie zielten.

Im selben Haus mit dem Verwandten wohnte ein Steuerinspektor, der vor einem halben Jahr seine Frau verloren hatte und sich seit der Zeit mit zwei kleineren Kindern kümmerlich durchschlug. Die beiden Männer waren befreundet, und der Onkel hielt, aus nicht ganz selbstlosen Gründen, eine Verbindung des Kollegen mit Hanne für wünschenswert. Wenn die Nichte erst in greifbarer Nähe wäre, würde auch sein Lebensabend gesichert sein, dachte der Gute, ohne ernsthaft zu erwägen, was aus seiner gelähmten Schwester werden sollte, wenn die Tochter von ihr ginge. „Sie kann doch nicht ewig bei euch hocken", hatte er einmal der Schwester erklärt. „Mädchen müssen heiraten, das ist der Lauf der Welt." Den gequälten Ausdruck im Gesicht der Kranken bemerkte er nicht, er war sehr kurzsichtig.

Auch jetzt drehten sich seine Reden wieder um sein Lieblingsthema. Hanne bemerkte es gleich, als sie ins Zimmer zurückkam. Sie gewahrte den ängstlichen Blick in den schönen Augen der Mutter, und in ihrem ehrlichen Herzen stieg ein Zorn gegen den Onkel auf, der immer nur an sich selbst dachte und dabei geflissentlich übersah, was er anderen Menschen antat. Am liebsten hätte sie ihm einmal rundheraus und gründlich Bescheid gesagt, aber der Mutter wegen bezwang sie sich. Um ihn auf ein anderes Thema zu bringen, erzählte sie, daß ein neuer Gehilfe angekommen sei und heute zum erstenmal in der Werkstatt mitarbeite.

Interessiert fuhr der Onkel herum. „Wie habt ihr den Mann aufgetrieben? Bei der angespannten Lage auf dem heutigen Arbeitsmarkt ist das doch sehr schwer." Herr Theobald Stenzel war ein eifriger Zeitungsleser und schätzte es, sich gewählt auszudrücken. „Oder ist es wieder einer mit einem kleinen Schönheitsfehler?" schnüffelte er neugierig weiter. „Schwager Wilhelm neigt ja dazu, halbe Krüppel um sich zu versammeln. Es muß kein Spaß sein, einem Lehrbuben, der nicht mal richtig sprechen kann, etwas beizubringen. Und wie hat er mit dem alten Gesellen Geduld gehabt, der schon lange keine Hilfe mehr war!"

„Du hast ganz recht, Theo", erklang die Stimme der Gelähmten, „mein Mann ist von Mühseligen und Beladenen umgeben, und er trägt sie mit Geduld. Ich bin das beste Beispiel dafür."

„Aber, aber, Elfriede, so war das nicht gemeint. Mit dir ist es doch etwas ganz anderes", stotterte Theobald Stenzel, dem klar wurde, daß er etwas Dummes gesagt hatte, ohne es zu wollen. Bewußt böse war der Herr Steueroberamtmann nicht, und seiner Schwester Elfriede hatte er gewiß nicht weh tun wollen.

Hanne war zu ihrer Mutter geeilt. Mit einer zarten Gebärde, die man dem herben Mädchen nicht zugetraut hätte, legte sie den Arm um die schmalen Schultern der Leidenden. „Du bist der größte Schatz für Vater und für uns alle. Nie bist du uns eine Last, hörst du, nie!" Und zu ihrem Onkel gewandt, fügte sie hinzu, während ihre Augen hinter den Brillengläsern funkelten: „Daß du es weißt; unser neuer Gehilfe ist achtundzwanzig Jahre alt, gesund und kräftig."

„So, so", sagte Onkel Theobald gedehnt. Er erhob sich aus seinem Sessel, ließ sich aber sofort mit einem Aufschrei zurückfallen. „Es kommt, es kommt — ich habe es ja gleich geahnt —, das Tief aus Skandinavien breitet sich über Europa aus. Sturmwarnung an der Nordsee. Mein Ischias kommt wieder."

„Auch ich habe das Tief heute morgen gespürt", sagte die sanfte Stimme der gelähmten Frau. „Armer Theo, und du bist so allein."

Stöhnend machte der Herr Steueroberamtmann einen zweiten Versuch, sich zu erheben.

„Soll ich Vater sagen, daß er dich heimfährt?" fragte Hanne.

„Nein, danke! Au, au — es wird schon gehen."

Jetzt stand der kleine Herr und versuchte einige vorsichtige, steifbeinige Schritte.

„Bring mir Hut und Mantel, Hanne, und hilf mir beim Anziehen. Ich will sofort nach Hause. Bis zur Haltestelle ist's ja nicht weit, und die Bahn hält dicht vor meiner Tür."

„Nimm wenigstens Wilhelms Stock", rief Mutter Elfriede dem Davonhumpelnden nach.

„Ich muß morgen sowieso in die Stadt, dann werde ich zu dir hineinschauen. Vielleicht wird der Anfall diesmal nicht so schlimm", tröstete die versöhnte Hanne, während sie den Onkel bis auf die Straße begleitete.

In der Stube war es dämmerig und still. Die Hündin Bella lag wohlig ausgestreckt vor dem Ofen und schlief.

„Komm zu mir, Hanne", bat die Mutter. „Nein, stell dich nicht neben mich, nimm den Hocker und setz dich. Soviel Zeit mußt auch du dir einmal nehmen." Und als das Mädchen saß und mit Augen, in denen die Liebe lag, zu ihr aufblickte, fragte Mutter Elfriede: „Hat er in dem einen Punkt nicht doch recht, der Onkel? Du bist sechsundzwanzig Jahre alt. Möchtest du nicht dein eigenes Leben leben, ich meine, dein Leben als Frau und, wenn Gott es dir schenkt, als Mutter? — Nein, unterbrich mich nicht, sondern antworte mir auf meine Frage — ehrlich und wahrhaftig, wie es deine Art ist. Kennst du diesen Steuerinspektor Fricke, von dem Onkel Theo jetzt immer spricht?"

„Ja, Mutter."

„Gefällt er dir?"

Hanne überlegte ein paar Sekunden, bevor sie antwortete. „Er macht keinen schlechten Eindruck."

„Also gefällt er dir."

Jetzt richtete sich das Mädchen gerade auf, und der gewohnte entschlossene Ausdruck trat wieder in sein Gesicht. „Nicht so, wie du meinst, Mutter. Ja, wenn es so wäre — ich meine, so wie es von der Liebe heißt. Ich kenne es noch nicht aus eigener Erfahrung. Aber ich denke immer —" Hanne stockte. Dann sah sie ihrer Mutter frei ins Gesicht. „So wie es zwischen dir und Vater ist."

Ein zartes Rot war in die Wangen der Frau gestiegen. „Ach Hanne, in meiner und Vaters Liebe und Ehe war früher auch so mancherlei Kampf — bevor— du weißt schon, was ich meine."

„Ja, Mutter, aber im Grunde —"

„Ja, Hanne, im Grunde war alles in Ordnung seitdem — bitte, laß mich aussprechen —, seitdem alles mit Gott in Ordnung kam, seit dem Tag der Gnade — dem großen schmerzlichen Tag der Gnade", fügte die Leidende leise hinzu. Eine Weile schwiegen beide Frauen, dann richtete Hanne den dunklen Kopf auf. „Siehst du, Mutter, wenn zwischen dem Herrn Fricke und mir etwas wäre oder wenn nur in mir das Verlangen bestünde, daß es einmal so werden möge, dann würde es ein Opfer für mich sein, bei euch zu bleiben — aber so?" Sie stand auf und reckte die kräftigen Arme. „Ich habe hier alles, was ich liebe und brauche, euch beide, dich und Vater, an denen ich hänge wie an nichts auf der Welt. Ich habe meine Arbeit, die ich gerne tue.

Auch mit dem Geschäft bin ich verwachsen. Seit Willys Tod ist es mein Geschäft genau wie das eure. Ich bin glücklich hier."

„Ist das wahr, Hanne?"

„Die volle Wahrheit."

„Wie reich hat mich Gott gesegnet trotz allem Leid", sagte die Mutter.

Pünktlich um sechs Uhr legte Meister Heinze die Arbeit nieder. Martin räumte das Werkzeug fort. — Rudolf war noch nicht zurückgekehrt. „Wenn Herbst kommt, sage ihm, er soll gleich ins Haus gehen. Er kann sich in der Küche waschen", gebot der Meister und verließ die Werkstatt. Kurze Zeit darauf klappte die Hoftür, und Rudolf Herbst kam mit der Werkzeugtasche von seiner letzten Kleinreparatur. In der Werkstatt traf er auf Martin.

„Wo schläfst du?" fragte er den Lehrjungen. Wortlos deutete dieser auf die Tür in der Rückwand der Werkstatt.

„Soll ich da auch schlafen?" erkundigte sich Rudolf. Martin zuckte mit den Achseln. Rudolf klinkte die Tür auf und schaltete das Licht ein. Der kahle Raum, der außer zwei Betten, zwei Stühlen, einem Tisch und einem Schrank leer war, wirkte nicht sehr einladend. Das eiserne Öfchen in der Ecke sah aus, als würde es selten geheizt. Mit Wehmut dachte Rudolf an sein kleines, warmes Reich in dem Übernachtungsheim. Der Lehrjunge war neben ihn getreten. „S — S — Sie sollen sich in der K — K — Küche waschen", brachte er mühsam hervor.

Im Hausflur stand Hanne Heinze und wies Rudolf den Weg in die Küche. „Ich möchte zuerst meinen

Koffer in die Gesellenkammer hinter der Werkstatt bringen, um mir andere Sachen anziehen zu können", sagte er und wollte seinen Koffer ergreifen, der noch immer neben der Flurgarderobe stand.

„Sie schlafen nicht in der Kammer. Ich habe Ihnen hier im Haus das Giebelzimmer eingeräumt. Bitte, wollen Sie mit mir kommen, ich werde es Ihnen zeigen."

Befangen stieg er hinter der Haustochter die Bodentreppe empor. Hanne öffnete die Zimmertür, und Rudolf trat ein. Staunend blickte er um sich. „Aber das ist doch keine Gesellenkammer!"

„Es ist das Zimmer meines gefallenen Bruders", sagte das Mädchen schlicht. Rudolf setzte den Koffer ab. „Fräulein Heinze, wie konnten Sie! Wird es Ihren Eltern auch recht sein?" Ein leises Lächeln huschte über das ernste Mädchengesicht und verschönte es seltsam. „Ich hatte noch keine Zeit, es ihnen zu sagen. Bei uns ist es so, Herr Herbst: In der Werkstatt regiert Vater — und im Hause ich. So sieht es wenigstens aus. In Wirklichkeit ist es aber anders: über allem steht Mutter, aber Mutter und ich sind eins, und Mutter und Vater erst recht, natürlich. Ich weiß nämlich genau, was sie tun würde, und sie hätte es ebenso gemacht. Nachher spreche ich mit ihr darüber. — Und nun ziehen Sie sich schnell um, in der Küche haben wir warmes Wasser. Dort waschen sich die Männer den groben Schmutz ab. Hier steht ein Krug Wasser zur späteren gründlichen Reinigung. — In einer Viertelstunde essen wir zu Abend in der Wohnstube."

Der runde Tisch sah einladend aus. Der Stuhl der Kranken war herangerollt worden. Mit freundlichem Lächeln begrüßte sie den neuen Hausgenossen und wies ihm mit den Augen seinen Platz an. Vor der Mahlzeit sprach Meister Heinze das Tischgebet. Danach wurde tüchtig zugelangt. Auf einem kleinen Brettchen richtete Hanne zierliche Häppchen für ihre Mutter an. Nicht einmal allein zu essen vermag sie, dachte Rudolf erschüttert, und sie kann doch nicht viel älter sein als ... Den Gedanken an die eigene Mutter schob er hastig von sich. Nach dem Essen half er der Haustochter beim Abdecken.

„Möchten Sie bei uns im Wohnzimmer sitzen?" fragte Hanne Heinze freundlich. „Sie sind immer willkommen. Der Martin bleibt jeden Abend bis halb zehn Uhr bei uns. Es ist kalt in seiner Kammer, und er hat ja kein Zuhause."

„Vielen Dank. Ich würde lieber nach oben gehen und meine Sachen einräumen, wenn es Ihnen recht ist", sagte Rudolf Herbst und verabschiedete sich.

Im Wohnzimmer war es warm und gemütlich. Meister Heinze hatte das Schachbrett geholt und war gerade dabei, die Figuren aufzubauen. Den Sessel der Kranken stellte er so, daß sie die Partie genau überblicken konnte. „Heute bist du mein Kompagnon, Mutting", sagte er fröhlich, „du weißt, ich bin für Gerechtigkeit. Gestern hast du Hanne beigestanden, und ihr habt mich glänzend besiegt."

Mutter Elfriede streichelte ihren Mann mit den Augen. „Heute werden wir sie reinlegen, paß auf —"

„Wo ist Herbst?" erkundigte sich der Vater.

„Er räumt seine Sachen ein", antwortete die Tochter und setzte sich an den Tisch. Den Spielern gegenüber hatte Martin seinen Platz. Er kopierte Muster von schmiedeeisernen Gittern. Der Meister hatte ihm die

Vorlagen gegeben, um die ungelenken Hände des Jungen zu üben, und weil er wußte, daß Martin leidenschaftlich gern zeichnete.

Der alte Meister mit der scharfen Brille auf der Nase und den klugen, gütigen Augen war ganz in das königliche Spiel vertieft. Die kranke Frau, der es nicht leicht wurde, so viele Stunden steif in ihrem Sessel zu sitzen, und deren müder Körper sich nach dem Ruhelager sehnte, genoß trotzdem diese Stunde des nahen Beisammenseins mit dem geliebten Mann, obgleich sie sie mit Schmerzen bezahlen mußte. Auch Hanne, die immer Tätige, empfand das warme Glück dieser Abendstunde. Ein leiser Schnarchton, der die Stille ab und zu unterbrach, zeigte an, daß Bella schon längst im Hundetraumland angekommen war, und selbst Martin, dessen Organ für menschliche Behaglichkeit nicht sonderlich entwickelt war, wünschte, daß der Abend noch recht lange dauern möge.

„Schachmatt", rief Meister Heinze triumphierend aus. „Elfriede, du hast mir Glück gebracht, wie immer!"

Wehmütig lächelte ihm seine Frau zu.

„Jetzt ist Schluß für heute, pack deine Sachen zusammen, Martin", sagte der Hausvater und holte sich das abgegriffene Andachtsbuch vom Bücherregal. Mit ehrfürchtiger Stimme las er den Abendsegen und betete für jeden einzelnen der kleinen Hausgemeinde. „Erbarm dich auch über unseren neuen Hausgenossen, nimm dich seiner an, führe seinen Weg zu dir und laß seine Arbeit gesegnet sein für ihn selbst und für uns. Wir bitten dich darum, lieber Vater im Himmel, im Namen unseres Herrn und Heilands Jesus Christus."

Mit behutsamen Händen trugen Vater und Tochter

die Gelähmte ins Schlafzimmer und legten sie aufs Bett. Während sie die Mutter entkleidete, sagte Hanne: „Ich habe Willys Kammer für Herbst zurechtgemacht."

Ein Zittern ging durch den Körper der kranken Frau. „Ach, Kind", sagte sie nur.

„Hättest du es lieber nicht?" fragte die Tochter.

„Doch, doch, es wird Zeit, daß wir die lange verschlossene Tür auftun für einen, der es nötig hat. Willy braucht es nicht mehr. Er hat es besser als wir."

Hannes kräftige Hand stützte den armen steifen Rücken der Mutter und versuchte, den Beinstumpf etwas auszurecken und in eine möglichst günstige Lage zu bringen. Das war immer der schwierigste Augenblick des Zubettbringens, und das Mädchen wußte, daß es der Kranken Schmerzen bereitete. Mitleidig strich Hanne über das Gesicht der Leidenden. „Du weißt, was uns Herr Model über Herbsts schweres Schicksal erzählt hat, und du weißt auch, wie er über ihn denkt. Vielleicht ist es gut für ihn, wenn er einen Ort der Stille hat, an den er sich immer zurückziehen kann", sagte sie.

Frau Elfriedes Körper hatte jetzt eine erträgliche Lage gefunden. Ihr Gesicht entspannte sich. „Meine liebe, große Hanne. Wie du es machst, ist es schon recht. Möchtest du nicht enttäuscht werden." —

Das Leben in Heinzes Geschäft und Haushalt ging seinen gewohnten und erprobten Gang weiter, und der neue Hausgenosse fügte sich erstaunlich schnell ein. In früheren Jahren hatte Meister Heinze eine sehr gut gehende Bauschlosserei betrieben, bis sein einziger Sohn Willy, der in der Schule ein flotter Zeichner gewesen war, die ersten Anregungen zur Kunstschlosserei heimbrachte, und der Vater, anfangs mehr seinem Jungen zuliebe als aus eigenem Antrieb, den Gedanken aufgriff und die ersten Kunstschlosser-Arbeiten auszuführen begann. Der Krieg und der frühe Tod des Sohnes bereiteten den schönen Anfängen zunächst ein Ende. Unmittelbar nach dem Krieg gab es so viele nötige Reparaturen, so dringende Bauschlosserarbeiten, daß der Gedanke an die Kunstschlosserei fast der Vergessenheit anheimfiel. Aber je mehr sich der Lebensstandard hob, um so mehr und intensiver trat ein Bedürfnis nach Verschönerung auch auf dem Gebiet des Bauwesens zutage, und die Architekten erinnerten sich der Kunstschlosserei. Handgeschmiedete Gitter, Türverkleidungen und Treppengeländer fingen an, große Mode zu werden. Meister Heinze holte wehmütigen Herzens die Entwürfe des gefallenen Sohnes hervor und machte sich an die Arbeit. Schon bald konnte er sich vor Aufträgen kaum noch retten.

So fand Rudolf Herbst die Situation vor, als er in das Heinzesche Geschäft eintrat. Für einen kleinen, alten Kundenstamm führte der Meister noch Schlosserarbeiten aus, die er vom ersten Tage an ausschließlich dem neuen Gehilfen überließ. Er selbst und Martin hatten mehr als genug mit der Kunstschlosserei zu tun. Jeden Augenblick, den Rudolf sich absparen konnte, sah er der Arbeit des Meisters zu und erbat sich durch bescheidene und kluge Fragen Auskunft. Wilhelm Heinze, der bald merkte, daß es sich um ehrliches Interesse handelte, belehrte ihn gern. Er überließ ihm sogar die Zeichnungen seines verstorbenen Sohnes und seine eigenen Entwürfe. So kam es, daß Rudolf Herbst des Abends oft in seinem Stübchen saß und sich in diese Blätter vertiefte. Er kaufte sich Zeichenmaterial und ein Reißzeug und begann zunächst damit, die Zeichnungen zu kopieren. Das freundliche Anerbieten der Haustochter, den Abend im Familienkreis zu verbringen, hatte er schon mehrmals dankend abgelehnt. So brachte ihm Hanne wortlos seinen Kohlenschütter und einen Holzkorb in sein Stübchen. Jeden Abend, wenn er aus der Werkstatt zurückkehrte, fand er seinen Ofen angeheizt.

Nach der Lohnauszahlung am ersten Sonnabend blieb Rudolf noch einen Augenblick im Kontor stehen. „Haben Sie etwas auf dem Herzen, Herr Herbst?" fragte Hanne freundlich.

„Ja, Fräulein Heinze, ich möchte das Brennmaterial für mein Zimmer bezahlen."

„Sie sind in voller Kost und Verpflegung bei uns. Dazu gehört auch ein warmer Raum, in dem Sie sich nach der Arbeit aufhalten können. Martin hat ihn auch, er sitzt jeden Abend bei uns im Wohnzimmer."

„Für mich wird aber extra geheizt. Ich bitte Sie, die Unkosten für Holz und Kohlen von meinem Lohn abzuziehen."

Hanne Heinze wollte widersprechen, überlegte es sich aber anders. „Wie Sie wollen, Herr Herbst", sagte sie in freundlich-geschäftsmäßiger Art. Ihr gefiel die Einstellung des neuen Gesellen — sie hätte genau so gehandelt. „Noch etwas, Herr Herbst?" fragte sie erstaunt, als sie den großen Menschen immer noch im Kontor stehen sah, wie es sonst ganz und gar nicht seine Art war.

„Würden Sie mir bitte sagen, wo ich das Heizmaterial finde? Ich möchte es mir selber holen." Er zögerte noch immer. Dann sagte er schnell: „Ich würde auch Ihnen gerne Holz und Kohlen bringen. — Sie haben schon mehr als genug zu tun." Ein warmer Schein glitt über das herbe Mädchengesicht. „Ich zeige Ihnen gern den Kohlenkeller und bin Ihnen dankbar, wenn Sie sich selbst versorgen. Für uns hier unten bringt Martin das Brennholz, er nimmt ja auch teil an unserer Wärme."

„Er nimmt teil an unserer Wärme." An diese Worte dachte Rudolf Herbst manchmal, wenn er abends allein in seinem Stübchen saß. Auch ihm hatte man es angeboten, teilzunehmen, und er hatte es abgelehnt. Warum? Genau hätte er den Grund nicht anzugeben vermocht. Vielleicht war es so, daß er das Gefühl hatte, irgendwie ausgeschlossen zu sein? An ihm haftete ja doch ein Makel! Dieser Makel, von dem drei der Menschen, mit denen er täglich am Tisch saß, genau wußten, obgleich sie ihn dieses Wissen niemals fühlen ließen. Aber konnte nicht doch einmal der Tag kommen, an dem sie sich von seiner Gegenwart belastet fühlten? Der vierte, der Lehrjunge Martin, ahnte nicht, daß neben ihm an der Werkbank einer arbeitete, von dem in den Papieren zu lesen stand, daß er einen Menschen umgebracht hatte. Für ihn war es eine Wohltat, daß er es nicht wußte. Der sprachbehinderte Junge und der schweigsame Geselle bildeten ein gutes Gespann, mit dessen Leistungen der Meister zufrieden sein konnte.

„Herbst läßt sich gut an, Elfriede", sagte Meister Heinze eines Abends zu seiner Frau. „Ich glaube, wir können Freund Model dankbar sein."

„Das freut mich für dich", gab die Gelähmte mit

einem liebevollen Blick auf ihren Mann zurück. „Du konntest die Hilfe wirklich gebrauchen."

Der Ischiasanfall wurde doch schlimmer, als Onkel Theobald erwartet und Hanne Heinze prophezeit hatte. Ein um den anderen Tag machte das vielbeschäftigte Mädchen den Weg in die Stadt, um des Onkels Wohnung sauberzuhalten und ihm das Essen zu bringen. Sie mußte viel gallige Worte über sich ergehen lassen, die sie aber bedeutend lieber ertrug als die immer dringlicher werdenden Anspielungen des Onkels. Nicht selten traf sie den Steuerinspektor Fricke bei diesen Samaritergängen an, manchmal in des Onkels Wohnung, oft aber auch auf der Treppe oder vor dem Haus, in dem beide wohnten — und sie konnte sich des Gedankens nicht erwehren, daß sich diese Begegnungen nicht immer rein zufällig ergaben. Hanne Heinze war ein ehrliches Mädchen, gegen andere und gegen sich selbst. Sie mußte sich eingestehen, daß Herr Fricke ein durchaus netter und angenehmer Mann war. Und als er eines Abends ein bewegliches Klagelied über sein einsames und trauriges Leben anstimmte und von seinen beiden kleinen Mädchen erzählte, die sich jeden Abend in den Schlaf weinten aus Sehnsucht nach der verstorbenen Mutter und aus Kummer über die harte und lieblose Art der alten Wirtschafterin — da wäre um ein Haar ein Stück von der festen Panzerung, die sie um ihr warmes, junges Herz gelegt hatte, dahingeschmolzen. Daß dieses Herz eine große, heimliche Sehnsucht nach Kindern in sich trug, wußte sie selbst kaum — und hätte es sich niemals eingestanden.

In der zweiten Woche des Februar, an einem der wenigen Tage, die schon den Frühling in sich trugen, kam Hanne wieder von einem Besuch bei dem Onkel zurück. Es sollte der letzte gewesen sein, denn der Gute war jetzt so weit, daß er sich wieder, wenn auch kümmerlich, auf eigenen Beinen halten konnte. Sie hatte ihn für die kommenden Tage eingeladen, von vormittags bis gegen Abend Gast bei ihren Eltern zu sein. Mochte er dann im Wohnzimmer im Lehnstuhl bei der Mutter sitzen. Es war dies zwar nicht ganz leicht für Mutter Elfriede — aber sie wurde immer noch am besten mit dem Bruder fertig.

Auf der Treppe in des Onkels Haus war Hanne einem kleinen Mädchen begegnet, das ihr sein Händchen entgegenstreckte und einen tiefen Knix machte. „Wie heißt du?" hatte Hanne sich freundlich erkundigt. „Helga Fricke", und schüchtern hatte das Kind gefragt: „Bist du die Tante, die immer zu Onkel Theo kommt?"

„Ja, die bin ich."

„Vati sagt, du kommst bald auch zu uns." Darauf hatte das Kind die Arme um Hannes Rock geschlagen und geradezu bettelnd hinzugefügt: „Ach bitte, komm doch bald."

Daran mußte Hanne Heinze denken, während sie den kleinen Umweg durch die städtischen Anlagen machte. Die Zweige der Goldweide sahen schon hellgelb aus, und auf dem Rasen lag ein zarter grüner Hauch. Im geschützten Winkel hinter einer Drahtverzäunung stand, über und über blühend, ein Busch Seidelbast. Hanne verharrte ein paar Augenblicke vor dem Frühlingskünder. Wie weich das Kinderhändchen gewesen war, dachte sie, während sie langsam weiterging — dem elterlichen Haus zu, ihren vielen Pflichten entgegen, die sie wie an jedem Abend dort erwarteten.

Im Hausflur begegnete Hanne dem neuen Gehilfen, der gerade im Begriff stand, sich sein Brennmaterial hereinzuholen. Wie immer wollte er mit kurzem Gruß an der Haustochter vorübergehen. Die Feierabendstunde hatte schon geschlagen, und trotzdem war es noch fast hell. Man konnte deutlich merken, daß die Tage schon länger wurden. „Es ist so schön draußen, Sie sollten auch einmal ins Freie gehen, Herr Herbst", sagte das Mädchen freundlich.

„Ich habe auch schon daran gedacht. Am nächsten Sonntag will ich Herrn Model besuchen, und bei der Gelegenheit werde ich einen Spaziergang machen."

Rudolf hatte die Kohlenschütte abgesetzt und öffnete die Tür vor der jungen Tochter des Hauses. Einen Augenblick blieb Hanne im dunklen Büro stehen. Es muß am Frühling liegen, daß einem so komische Gedanken kommen, dachte Hanne. Dann fuhr sie sich mit einer energischen Bewegung über die Stirn: Ach, Unsinn, Hanne Heinze. Der Februar ist überhaupt noch kein Frühlingsmonat. Er tut nur manchmal so — und das dicke Ende kommt nach. — Wenn ich einmal heiraten sollte — dann bestimmt nur aus Liebe — sonst gar nicht.

„Hanne, bist du da?" rief die Mutter aus dem Nebenzimmer.

„Ja, Mutter, gerade angekommen", gab das Mädchen fröhlich zurück und trat ins Wohnzimmer. „Schön war's draußen. Denk dir, der Seidelbast blüht schon. — Onkel Theobald geht es besser, aber allein wirtschaften kann er noch nicht. Ich habe ihn eingeladen, ab morgen erst mal eine Woche lang tagsüber zu uns zu kommen. Eine schwere Aufgabe für dich, Mutter."

„Ich werde es schon schaffen", lächelte die Kranke zuversichtlich. „Und vielleicht ist es auch in anderer Beziehung gut für ihn. Ich habe ihn dann wieder einmal ganz für mich und kann ihm vielleicht doch noch helfen, den Weg zum rechten Glauben zu finden."

Hanne lächelte ein bißchen skeptisch. „Wie oft hast du es vergeblich versucht, Mutter", sagte sie, während sie das Zimmer verließ. —

Theobald saß im Lehnstuhl seiner Schwester gegenüber. Er konnte seine Glieder schon wieder recht gut rühren, aber er kam sich krank und bedauernswert vor. Er hatte an der ganzen Welt etwas auszusetzen. Geschäftig lief Hanne zwischen Küche und Wohnzimmer hin und her. Sie deckte den Tisch.

„Hast du auch daran gedacht, Jungfer Hanne, daß ich diät leben muß?" fragte er grämlich. „Kein Salz, kein Essig und beileibe kein gepfeffertes Fleisch."

„Alles besorgt, geliebter Onkel", lachte ihn Hanne an. „Dein Salat ist mit Zitrone angemacht, und das Fleisch ist nahezu salzlos. Wir anderen können nachwürzen."

Onkel Theobald murmelte etwas, was vielleicht eine Zustimmung bedeuten sollte, und Hanne rief die Männer zu Tisch. Kurz machte sie Rudolf Herbst mit dem Onkel bekannt.

Nach dem Tischgebet begann die schweigsame Mahlzeit. Immer wieder sah Herr Theobald Stenzel zu dem neuen Gehilfen seines Schwagers hinüber. Einmal sprach er ihn an und erkundigte sich nach dem Woher und Wohin. Rudolf nannte seinen Heimatort und seine letzte Arbeitsstätte. Auf nähere Einzelheiten ließ er sich nicht ein und beantwortete eine weitere Frage des Onkels mit einer allgemeinen Redensart. Nach Beendigung der Mahlzeit verließ er sofort das Zimmer.

Onkel Theobald konnte seine Neugier nicht bezähmen. „Sag mir bloß, Elfriede, wie seid ihr an diesen kräftigen jungen Menschen geraten?"

„Herr Model hat ihn uns empfohlen", sagte seine Schwester in einem Ton, der erkennen ließ, daß sie dieses Thema zu beenden wünschte.

„Wohl auch einer von den Frommen?" bohrte er ungeniert weiter.

Ein feines Rot stieg in das Gesicht der Kranken. „Das glaube ich nicht."

Hanne ging hin und her und räumte das Geschirr ab. Sie ärgerte sich über des Onkels Neugier. „Herr Herbst interessiert sich für Kunstschlosserei und will sich bei Vater vervollkommnen."

„So, so", entgegnete der Onkel, aber es war deutlich erkennbar, daß er nur halb zufrieden war.

Nachdem Onkel Theobald am Abend abgehumpelt war, setzte sich Hanne für fünf Minuten zur Mutter. „Der Onkel darf nichts über Rudolf Herbsts Vergangenheit erfahren", sagte sie eindringlich.

„Ich würde auch nie mit ihm darüber sprechen", entgegnete die Mutter. „Menschen wie Onkel Theo darf man nicht in die Schicksale anderer einweihen, besonders wenn diese schwer und nicht alltäglich sind —"

„Dazu ist er zu egoistisch und selbstgerecht."

„Das vielleicht auch", sagte die Mutter nachdenklich, „aber darüber möchte ich nicht urteilen. Ich wollte sagen: zu bürgerlich."

„Wenn du mit bürgerlich: eng, klein und pharisäisch meinst, kannst du schon recht haben", sagte Hanne hitzig und stand auf.

Lächelnd blickte die Mutter der Tochter nach. Ich weiß wohl, daß du vieles an dem Onkel nicht liebst, mein Kind, und trotzdem bist du es, die ihn immer wieder in all seinen kleinen und großen Nöten betreut, dachte sie liebevoll.

An diesem Abend saß Rudolf Herbst in seinem Stübchen und brütete vor sich hin. Das Mißtrauen der Menschen, ihr Tasten nach dem Unausgesprochenen, das ihn umgab und das sie vielleicht unbewußt witterten, war ihm heute zum ersten Mal seit längerer Zeit in Gestalt dieses Herrn Stenzel wieder begegnet. Er hatte sich so wohl gefühlt im Übernachtungsheim, und auch das Haus und Geschäft des Meisters Heinze fingen an, ihm vertraut zu werden. War es vielleicht wieder so wie schon oft in seinem Leben? Wenn er etwas liebgewann, wurde es ihm verdorben. In sein Gesicht trat der alte verkrampfte Ausdruck.

Er hatte auch etwas versäumt in den letzten Monaten. Seinen Plan hatte er nicht verfolgt. Und es war doch nichts so wichtig für ihn auf der Welt, als den wahren Schuldigen zu finden. — Zu jedermann, der ihn beargwöhnte, wollte er sagen können: „Was willst du von mir? Ich bin genau so ein Mensch wie du." Er wollte nicht immerzu Angst davor haben müssen, daß jeder, dem der Sinn danach stand, seine Vergangenheit ans Licht zerren konnte, um ihn wiederum zum Freiwild zu machen. — Aus der Kommode holte er seine Schreibmappe, adressierte eine Postkarte und schrieb:

„Sehr geehrte Frau Hellmann!

Längere Zeit konnte ich nicht schreiben, weil ich meine Stellung gewechselt habe. Würden Sie bitte so freundlich sein, mir mitzuteilen, wie es Herrn Held geht? Sollte sich inzwischen irgend etwas in seinem Befinden geändert haben, so geben Sie mir bitte umgehend Bescheid.

Für Ihre Bemühungen im voraus dankend grüßt Sie
Ihr R. Herbst

P.S. Meine neue Adresse finden Sie umseitig."

An diesem Abend fand Rudolf keine Muße mehr zum Zeichnen. Er legte sich früh nieder. Es wird endlich Zeit, daß ich eine Detektei aufsuche, dachte er noch vor dem Einschlafen.

Hanne Heinze hatte richtig prophezeit: das dicke Ende kam nach. Es stürmte und schneite, ein harter Nordost pfiff durch die Straßen, und Onkel Theobald sank eines Abends, gerade als er sich zum Fortgehen rüsten wollte, mit einem Schmerzensschrei zusammen. Es ließ sich nicht umgehen, Hanne mußte ihn dabehalten. Sie tat es ohne Murren, aber doch mit einem kleinen Seufzer. Auf der Couch im Wohnzimmer richtete sie das Lager her. Rudolf Herbst stellte sofort seine Giebelstube zur Verfügung. „Ich ziehe während Herrn Stenzels Anwesenheit zu Martin in die Kammer", sagte er. Der Vorschlag wurde aber abgelehnt, weil der Onkel in seiner augenblicklichen Verfassung nicht imstande sein würde, die Treppe zu ersteigen.

„So, so — in Willys Stube wohnt er?" fragte Onkel Theo. Er glaubte seinen Ohren nicht zu trauen.

„Jawohl, dort wohnt er", sagte Hanne kurz angebunden und geleitete den Onkel zu seinem Schmerzenslager auf der Couch. Da lag er nun und machte den „Heinzelmännern", wie er die Familie des Schwagers in der Summe zu benennen pflegte, das Leben nach Kräften schwer. Einmal behauptete er, die Kissen seien nicht weich genug. Nach Auswechslung derselben klagte er darüber, in Federbergen zu versinken. An jeder Mahlzeit hatte er etwas auszusetzen. Seit dem Tod seiner Frau, die ein recht energisches Regiment geführt hatte, sorgte er für sich selbst. Zu Mittag ging er in ein feines Restaurant, in dem er sich nach der Karte aussuchte, was er gerne aß. Er genoß nach dreißigjähriger Ehetyrannei seine späte Freiheit in vollen Zügen und wäre sehr glücklich gewesen, wenn nicht diese elenden Ischiasanfälle immer wieder gekommen wären, die ihn jedesmal hilflos in die Arme der Nichte Hanne trieben und den Wunsch in ihm verstärkten, diesen seinen Schutzgeist für alle Zeit in seine Nähe zu bringen. Und was konnte diesem geheimen Plan besser dienen als eine möglichst baldige Heirat mit dem Steuerinspektor Fricke, seinem nächsten Freund und Hausgenossen? Es war ein guter Plan zu Heil und Segen für alle Beteiligten. Weshalb widersetzte sich das störrische Mädchen? Glaubte sie etwa, sie sei im Hause der Eltern unentbehrlich? So wie jetzt konnte es bei den Heinzelmännern sowieso nicht weitergehen. Der Schwager war zwar rüstig, aber wie lange würde er dem Geschäft noch vorstehen können? Und was hatte das alles für einen Zweck? Der Willy lebte doch nicht mehr! Für wen arbeitete der alte Mann? Er sollte doch das Geschäft verpachten und sich zur Ruhe setzen. Seit

Jahren verhandelte ein Industrieunternehmen um das Gartengrundstück des Schwagers und bot einen Riesenpreis. Sehr gut würden die Verwandten von Pacht und Vermögen leben können, und der Schwager hätte Zeit für die Pflege seiner Frau. Ja, er würde sogar so viel Geld haben, daß er stundenweise eine Hilfskraft einstellen könnte.

Der Fall lag völlig klar vor den Augen des Herrn Steueroberamtmanns. Weshalb nur waren die Schwester und der Schwager seinen Vernunftgründen so wenig zugänglich? Sollte die Jungfer Hanne erst überständig werden und ansauern? Onkel Theo beschloß, die unfreiwilligen Tage des Zusammenseins mit der Schwester gut für seine Pläne zu nützen.

Frau Elfriede Heinze saß in ihrem Rollstuhl, den Ergüssen ihres Bruders hilflos preisgegeben. Es wurde ihr nicht immer leicht, stillzuhalten. „Heiland, der du viel Schweres erlitten hast um meinetwillen, mache mich demütig und geduldig", seufzte sie, „und vergib meinem Bruder, der nicht weiß, was er tut." Anfangs versuchte sie, ihn abzulenken und auf andere Gesprächsthemen zu bringen. Aber es mißlang, und da sie sich immer wieder alle Vernunftgründe, die ihr Bruder nach dem Paragraphensystem einer ordentlichen Steuererklärung aufmarschieren ließ, anhören mußte, wurde sie mit der Zeit unsicher und nachdenklich. Sollten Theobalds Pläne doch Hand und Fuß haben? Und vor allem ein Glück für ihre Tochter in sich bergen? Hanne wußte so wenig vom Leben. Sie ging völlig in ihren Pflichten für die Eltern und das Geschäft auf. Sie besaß weder Freunde noch nähere Bekannte. Frau Elfriede kannte ihre Tochter genau genug, um zu wissen, daß sie wohl imstande sein würde, aus Liebe zu den Eltern auf persönliches Glück zu verzichten. Mußte sie ihr nicht klarmachen, daß es für sie einen durchaus gangbaren Weg gäbe, um sie für ein persönliches Glück frei zu machen? Frau Elfriede konnte nicht umhin, es nach des Onkels Darlegung einzusehen, so schwer es ihr wurde. „Ich werde doch noch einmal mit Hanne über alles sprechen müssen", schloß sie, „und zwar bald und ausführlich."

Die Gelegenheit ergab sich von selbst. Hanne saß vor einem großen Korb ausbesserungsbedürftiger Wäsche am Tisch. Der Onkel fing alsbald an, seine Pläne zu erörtern. Hanne wollte auffahren und ihn unterbrechen, aber die Mutter hieß sie schweigen. „Laß Onkel Theo ausreden", sagte sie in bestimmtem Ton, „bevor man etwas ablehnt, muß man genau Bescheid wissen." Der Onkel schilderte in glühenden Farben das gute Leben, das der Nichte an der Seite seines Freundes bevorstünde. „Auch deine Eltern würden es gut haben, wenn dein Vater nicht mehr zu arbeiten brauchte und sich ganz seiner Frau widmen könnte", entkräftete er im voraus Hannes Hauptbedenken.

„Bist du wirklich dafür, Mutter", unterbrach das Mädchen zum erstenmal die wohlgesetzte Rede, „daß ich von euch fortgehe?"

„Darauf kommt es nicht in erster Linie an", gab die Mutter sanft, aber fest zurück. „Du wärest ja außerdem nicht weit und könntest uns jede Woche mehrmals besuchen. Eine Mutter wünscht immer zuallererst, daß ihr Kind glücklich ist."

Hanne stand auf und räumte ihr Flickzeug zusammen. Es war Zeit, die Vorbereitungen für das Abendbrot zu treffen. Eine steile Falte stand zwischen ihren Brauen.

„Ich finde es nicht recht von dir, Onkel Theobald, die Tage, die du hier krank bei der Mutter im Zimmer liegen mußt, dazu zu benutzen, sie mit deinen Plänen zu belästigen. Ich weiß genau, daß du dabei hauptsächlich an dich denkst." Zu der Mutter gewandt fügte sie in bedeutend sanfterem Tone hinzu: „Herr Fricke ist gewiß ein rechtschaffener Mensch, und seine beiden Kinder tun mir von Herzen leid. Aber ich kann ihn nicht heiraten. Du kennst meine Gründe, und deshalb ist es sinnlos, noch weiter darüber zu reden."

Nach diesen eindeutigen Worten ging das Mädchen aus dem Zimmer und ließ die Geschwister betreten zurück. Von diesem Augenblick an schwieg der Onkel über seine Projekte — aufgeben wollte er sie nicht. —

Eines Tages sah er zufällig vor dem Mittagessen seine Nichte Hanne neben dem neuen Gehilfen des Schwagers stehen. Die schlanke Hanne und der gut gewachsene Rudolf Herbst mit dem männlichen, intelligenten Gesicht waren unzweifelhaft ein schönes Paar. Der Onkel kniff die kurzsichtigen Äuglein zusammen. Sollte der Wind aus dieser Ecke wehen? schoß es ihm durchs Hirn. Hatte die Jungfer Hanne, die so kühl und unnahbar gegen Männer erschien, etwa den Gehilfen ihres Vaters gern? Und stände der alte Meister vielleicht diesem Gedanken nicht unfreundlich gegenüber, weil er auf diese Weise das Geschäft, an dem er hing, weiterführen und später in jüngere Hände übergehen lassen könnte? Das allerdings wäre eine ganz neue Lage, dachte der alte Herr und sah im Geist die Felle, die er sich als schützende Erwärmung seines Alters erträumt hatte, davonschwimmen. Seine bisher nur ungewisse, mißtrauische Neugier dem neuen Gehilfen des Schwagers gegenüber wandelte sich langsam in bewußte Gegnerschaft.

„Hanne, komm schnell mal in die Werkstatt und bring den Konto-Auszug für Wolters & Hanselmann mit. Herr Hanselmann ist hier, wir kommen in einem Punkt nicht überein", rief Vater Heinze über den Hof.

Hanne hatte vor dem Schreibtisch gesessen und gerechnet. Sie suchte die Akte und verließ das Kontor. Da sie nur für eine kurze Zeit abwesend sein würde, verschloß sie den Schreibtisch nicht, wie es sonst ihre Gewohnheit war. Onkel Theobald, der seit einigen Tagen aufstand, war in der Küche gewesen und stelzte nun durch das Kontor. Dort entdeckte er die unversperrte Schreibtischlade und konnte seiner immer wachen Neugier nicht widerstehen. Vorsichtig zog er das Schubfach auf und tat einen Blick hinein. Er stutzte und las. Seine kleinen Augen wurden groß und rund. Aus dem anfänglichen Staunen wurde allmählich Entsetzen. Hier lag also das Geheimnis des sauberen Herrn Herbst!

Behutsam schob er die Lade wieder zu. Eine ganze Weile mußte er still sitzen, bevor er sich zu seiner Schwester ins Wohnzimmer zurückbegab. Alles in ihm war in Aufruhr. Den Vormittag über sprach er kaum, so daß ihn Frau Elfriede schon besorgt fragte, ob ihm nicht wohl sei. „Doch, doch, mir geht es sogar bedeutend besser", beteuerte er. „Ich hoffe bestimmt, in allernächster Zeit nach Hause zurückkehren zu können, um eure Gastfreundschaft nicht über Gebühr in Anspruch nehmen zu müssen."

Er überlegte fieberhaft. Daß er im Augenblick mit seinem auf unlautere Weise erworbenen Wissen nicht hervortreten durfte, war ihm klar. Vorerst würde er es für sich behalten müssen. Seiner Nichte Hanne traute er eine gehörige Portion gesunden Menschenverstandes zu. Er nahm an, daß dieses Mädchen auch nicht im entferntesten daran dachte, einen ehemaligen Zuchthäusler zu heiraten, den der Schwager mal wieder in dieser ihm, Theobald Stenzel, völlig unverständlichen Menschenliebe ins Haus genommen hatte. Es war nur zu hoffen, daß diese christliche Tat dem guten Heinze nicht schlecht bekommen würde. Wie konnte es der Schwager sich selbst und seinen Frauen zumuten, mit einem Mann, der einmal einen Menschen umgebracht hatte, unter einem Dach zu leben! Onkel Theobald schauderte es. Ein Segen, daß er wieder einigermaßen auf Deck war. Keine zehn Pferde sollten ihn länger in diesem gefährdeten Haus halten.

„Weißt du, Elfriede", begann er verlegen, „ich habe mir überlegt — ich dachte, es wäre das beste, ich ginge gleich heute nach Hause zurück."

Verblüfft blickte Frau Elfriede den Bruder an. „Aber Theo, du bist doch eben erst aufgestanden. Es wäre zu früh, wenn du dich jetzt nach draußen wagtest."

„Mir ist das Aufstehen ganz gut bekommen. Es ist besser, man traut sich etwas zu. Durch tägliche Übung und das harte Muß überwindet man am schnellsten seine Schwäche", sagte der tapfere Theobald und bemühte sich, die schmerzenden Glieder möglichst steil aufzurecken.

Mutter Elfriede schüttelte innerlich den Kopf — äußerlich konnte sie es ja nicht wegen ihres versteiften Nackens —, aber sie ließ den Bruder gewähren. Sie dachte an ihre Tochter Hanne und an die Entlastung, die des Onkels Fortgehen für sie bedeuten würde.

Am Nachmittag war der Onkel tatsächlich abmarschbereit. Nach den üblichen Dankesreden blieb er noch einen Augenblick im Wohnzimmer vor Schwester und Nichte stehen. „Schließt ihr auch jeden Abend alles gut ab?" fragte er und räusperte sich.

„Aber natürlich", sagte Hanne und blickte ihren Onkel erstaunt an. „Den Schreibtisch zum Beispiel habe ich immer unter Verschluß."

„So, so", sagte Theobald Stenzel gedehnt. „Größere Geldsummen behaltet ihr doch niemals über Nacht im Haus?"

„Erlaube mal, Onkel Theo, du weißt genau, daß unsere größeren Zahlungen über das Girokonto gehen und daß ich die kleineren Beträge immer schnellstens zur Bank bringe. Aber ich kann nicht verstehen, was du eigentlich mit dieser Fragerei bezweckst." Hannes Stimme klang ungeduldig.

„Nun, Jungfer Hanne", begütigte der Onkel, „es war ja nur ganz allgemein gesprochen. Täglich liest man in den Zeitungen von Einbrüchen und Schlimmerem — da dachte ich, ob ihr bei eurer großen Gutmütigkeit auch immer die nötige Vorsicht walten laßt. Es war nur Fürsorge für euch — weiter nichts als Fürsorge."

Onkel Theobald hatte das Gefühl, sich mit den letzten Worten einen guten Abgang verschafft zu haben. Er verabschiedete sich von Mutter und Tochter und stelzte so aufrecht wie möglich davon.

„Ich weiß nicht", sagte die Mutter. „Er ist doch sonst nicht so besorgt um uns."

Irgend etwas stimmt nicht mit Onkel Theo, dachte auch Hanne und runzelte die glatte Stirn. Ob des Onkels dunkle Rede im Zusammenhang mit Rudolf Herbst zu deuten war, ob er über das Schicksal des neuen Hausgenossen etwas erfahren haben sollte? Aber es konnte ja nicht sein. Onkel Theobald war in der letzten Zeit im Heinzeschen Hause immer unter den Augen der Familie gewesen, und vorher hatte er bestimmt nichts gewußt, sonst hätte er sich schon früher darüber ausgelassen. Hanne kannte ihren Onkel. Er war durchlässig wie ein Sieb. Neuigkeiten oder Sensationen vermochte er nicht lange bei sich zu behalten. Nein, mit Herbst konnten wohl seine Reden nichts zu tun haben, beruhigte sich das Mädchen. Trotzdem blieb ein Unbehagen in seinem Herzen zurück. —

„Post!" rief Hanne Heinze, „Post für Sie, Herr Herbst." Sie öffnete die Werkstattür, mußte aber sofort die Augen schließen. Eine blendende Helle drang auf sie ein. Die drei Männer arbeiteten am Schweißapparat. Meister Heinze schaltete ihn aus, und Rudolf nahm der Haustochter den Brief aus der Hand. Er setzte die Ledermaske ab, die ihn fast unkenntlich gemacht hatte. Seine Augen blinzelten. Er mußte sich erst wieder an das Tageslicht gewöhnen, bevor er zu lesen vermochte.

„Werter Herr Herbst!

Ich danke Ihnen für Ihre Nachricht. Ich dachte schon, Sie hätten es vergessen. Leider muß ich Ihnen die traurige Mitteilung machen, daß es Ihrem Onkel sehr schlecht geht. Es mußte ja so kommen nach dem Leben, das er geführt hat. Vor drei Tagen hat er einen Schlaganfall gehabt. Ich wollte ihn gleich ins Krankenhaus bringen, aber es war kein Bett frei, und der Arzt meinte, es würde nicht mehr lange dauern. Jeden Tag kommt die Gemeindeschwester morgens und abends. So habe ich mit der Pflege weiter keine Last und will es noch einige Tage mit ansehen. Zuerst konnte er nicht sprechen, jetzt redet er lauter wirres Zeug. Wenn Sie ihn noch einmal sehen wollen, müssen Sie schnell machen. Mit freundlichen Grüßen und in Erwartung Ihres Besuches   Frau Hellmann."

Rudolf Herbst hielt das Schreiben in der Hand und sah unschlüssig vor sich nieder.

„Haben Sie eine schlechte Nachricht erhalten?" riß ihn die freundliche Stimme des Meisters aus seinen Gedanken.

„Ja, leider, mein Onkel ist schwer krank. Seine Wirtin schrieb mir, ich möchte sofort kommen, wenn ich ihn noch mal sehen wollte." Mit diesen Worten schob Rudolf Meister Heinze den Brief zu. Dieser überlegte.

„Ich glaube, Sie müssen fahren", sagte er zögernd, „obgleich ich Sie im Augenblick schlecht entbehren kann. Ich sähe es gern, wenn wir dieses Gitter heute noch fertigstellen könnten. Ihr Ziel würden Sie heute sowieso nicht mehr erreichen. Wären Sie einverstanden, gleich morgen einen Frühzug zu nehmen? Diese Pflicht geht selbstverständlich der Arbeit vor."

Rudolf Herbst murmelte einen Dank. Er war beschämt, daß ihm der Meister so ohne weiteres Glauben schenkte und nicht nach näheren Umständen fragte. Es bedrückte ihn, daß er diesem ehrlichen Mann nicht die volle Wahrheit gesagt hatte. Den ganzen Tag über schlug er sich mit diesem Gedanken herum. Er war noch schweigsamer als sonst.

Die beiden Frauen, die der alte Heinze von der bevorstehenden Reise in Kenntnis gesetzt hatte, drangen ebenfalls nicht mit Fragen in ihn, weil sie wohl glaubten, daß er über den bevorstehenden Tod seines Onkels traurig sei. Diese stumme Rücksichtnahme bedrückte Rudolf noch mehr.

Wie an jedem Donnerstag machten sich Vater und Tochter nach dem Abendessen auf, um in die Bibelstunde zu gehen. Martin nahmen sie mit. Rudolf wußte, daß die Gelähmte allein im Wohnzimmer saß. Weil er am nächsten Morgen in aller Frühe aufbrechen wollte, hatte er sich schon von der Familie verabschiedet und packte in seinem Zimmer noch einige Dinge in die Aktentasche. Er nahm an, daß er mindestens eine Nacht fortbleiben mußte. Einer plötzlichen Eingebung folgend, stieg er die Treppe hinab und klopfte an die Tür des Wohnzimmers.

Mit schreckhaft geweiteten Augen blickte Frau Elfriede Heinze dem Eintretenden entgegen. Rudolf Herbst durchfuhr ein furchtbarer Gedanke: Sie hat Angst vor mir! Sie denkt, ich bin ein Mörder, und sie ist mit mir allein. Er hätte in die Erde versinken mögen und wandte sich sofort wieder der Tür zu. „Verzeihen Sie, daß ich Sie erschreckt habe", murmelte er verstört.

Frau Heinze hatte sich gefangen. „Ich habe ein bißchen geschlafen — das ist alles. Bitte, kommen Sie doch herein und setzen Sie sich zu mir." Mit großen, völlig furchtlosen Augen, in denen Wärme und Freundlichkeit zu lesen waren, sah sie nun den Besucher an. „Nehmen Sie hier in dem Sessel Platz, damit ich Sie

144

sehen kann, und dann erzählen Sie mir, was Sie auf dem Herzen haben."

„Ich — ich habe Ihnen nicht die Wahrheit gesagt", begann Rudolf Herbst stockend.

„Bedrückt Sie das?" fragte die sanfte Stimme der Frau.

„Ja, es ist — weil Sie so gut zu mir sind."

„Und jetzt möchten Sie mir die Wahrheit sagen?"

Rudolf nickte und begann, von dem alten Held zu erzählen, der alles andere war als sein geliebter Onkel. Aufmerksam, ohne ihn ein einziges Mal zu unterbrechen, hörte die Kranke zu.

„Jetzt wünschen und hoffen Sie, noch irgend etwas Näheres zu erfahren?"

„Ich will es versuchen. Vielleicht ist ein Mensch in der Nähe des Todes bereit, etwas zu sagen, was er aus Angst vor anderen Menschen vorher niemals auszusprechen wagte", sagte er nachdenklich.

„Sie meinen, jetzt fürchtet er sich vor Gott, wenn er eine Schuld auf dem Gewissen hat?"

Darüber hatte Rudolf noch nicht nachgedacht.

„Es könnte so sein", antwortete er verlegen.

„Es ist sogar bei sehr vielen Menschen so — wenn sie auch ihr Leben lang nichts von Gott wissen wollten." Und nach einer kleinen Pause fuhr die Kranke fort: „Ich wünsche Ihnen von Herzen, daß Ihre Hoffnung nicht trügt."

„Hoffnung?" Rudolfs Stimme wurde traurig und bitter. „Eine wirkliche Hoffnung habe ich kaum. So viele Hoffnungen sind mir zerschlagen worden. Aber wenn dieser Mensch stirbt, ohne daß er aussagt, so verliere ich meinen Kronzeugen, einen der wenigen, vielleicht den einzigen, der wirklich etwas weiß. Die Aussage dieses Mannes wog am schwersten gegen mich bei der Gerichtsverhandlung. Mir glaubte man ja nicht, soviel ich meine Unschuld auch beteuerte."

Frau Elfriede hob den dunklen Blick: „Auch ihm glaubten sie nicht", sagte sie ernst.

„Wem?" fragte Rudolf.

„Jesus Christus, dem Sohn Gottes. Statt ihm zu glauben und ihm zu gehorchen, schlugen sie ihn ans Kreuz."

Rudolf schwieg. Auch mich schlugen sie ans Kreuz, dachte er bitter, wenn auch nicht meinen Körper — so doch meine Seele.

„Meine Gebete werden Sie auf der Reise begleiten", sagte Frau Heinze nach einer Weile. „Aber nicht alle Gebete werden so erhört, wie wir es wünschen, auch dann nicht, wenn wir um etwas bitten, auf das wir nach unserem Dafürhalten ein gutes Recht haben."

„Dann ist Gott grausam und ungerecht", wollte Rudolf Herbst auffahren, aber er brachte die Worte nicht über die Lippen beim Anblick dieser gelähmten Frau. Ganz sicher hatte sie und ihre Familie heiß und innig um Genesung gefleht — und sie gehörten doch zu den Frommen, deren Gebete vor Gott bestimmt schwerer wogen als die anderer Menschen. Wie lange, hatte Herr Model ihm erzählt, saß Frau Heinze schon gelähmt auf ihrem Stuhl? Fünfzehn Jahre? Und gerade diese Frau sprach ihm von Gebet?

So, als könnte sie Gedanken lesen, sagte Frau Heinze gütig: „Sie meinen, es sei verwunderlich, daß ich Ihnen von Gebet spreche? Gerade ich, die ich hier in meiner Hilflosigkeit vor Ihnen sitze und von der Sie annehmen, daß viel für ihre Heilung gebetet worden ist? Und doch sage ich Ihnen, die Gebete waren nicht umsonst — sie sind erhört worden — nur anders, als wir es wünschten und hofften — besser — viel besser."

„Das kann ich nicht verstehen, Frau Heinze."

„Natürlich nicht. Dazu müßten Sie meine Lebensgeschichte kennen. Vor allen Dingen müßten Sie wissen, wie ich früher war: ein echtes Weltkind — trotzdem ich zur Kirche ging und ein rechtschaffenes Leben führte. Ich war nur auf äußeren Erfolg bedacht, auf das Vorwärtskommen im Geschäft, auf meinen tadellosen Haushalt und meine wohlerzogenen Kinder — und ich war fest davon überzeugt, daß alles, was ich tat, vorzüglich sei. Wie habe ich meinen Mann gehetzt, immer noch mehr zu erwerben! Ich habe ihn unglücklich gemacht, Herr Herbst, denn mein Mann war schon damals ein gläubiger Christ. Oft hat er mich in Liebe ermahnt, er hat mich mit in die Kirche genommen und in die Bibelstunde. Mitgegangen bin ich schon, aber nichts drang in mein Herz. — Da traf uns der erste Schlag: der Tod unseres einzigen Jungen. Ich habe damals aufbegehrt gegen Gott. Wie konnte er uns so strafen! Uns, die wir so rechtschaffen waren, fleißig und ehrbar! Mein Mann litt doppelt, einmal unter dem schweren Verlust und zum anderen unter mir. Er trug es in Demut und Geduld. Nach einiger Zeit, als der erste, heißeste Schmerz abgeklungen war, lebte ich genau so weiter wie zuvor. Ja, es war fast so, als triebe mich eine innere Unruhe zu immer noch größeren Anstrengungen. — So war es auch an dem Tag, als das Unglück geschah. Ich hatte gehört, daß in einem Warenhaus in der Stadt endlich wieder Stoffe eingetroffen seien, von denen ich natürlich etwas haben mußte. Ich machte mich auf den Weg trotz meines Mannes Warnung. Es lag keine Notwendigkeit vor, wir hatten noch keinen Mangel an Kleidungsstücken. Und dann traf mich die Hand Gottes — diesmal gründlich! — Es war einer der letzten schweren Angriffe, der das Zentrum unserer Stadt in Trümmer legte. Und unter diesen Trümmern lag ich. Mein Mann und Hanne sind stundenlang umhergeirrt, bis sie mich fanden und mit Hilfe der Polizei herausholten — selbst ein Trümmerstück."

„Das war ein entsetzlicher Schlag! Wie können Sie das als Gebetserhörung bezeichnen?" fragte Rudolf gequält.

„Anfangs sah es freilich nicht so aus. Ich lag völlig hilflos da, angewiesen auf meinen Mann, der schon die ganze Last des Geschäftes trug, und auf das Kind Hanne. Aber uns ist immer wieder durchgeholfen worden — äußerlich und innerlich. Zunächst wurde ich einmal zur äußeren Ruhe gezwungen, zu der ich nie von selbst gekommen wäre. Jetzt hatte ich plötzlich Zeit, auf das zu hören, was Gott mir sagen wollte. Er neigte sich zu mir, zeigte mir meine Schuld und meine Verfehlungen. Er führte mich zu Reue und Buße und zu dem, der die Sünde vergibt und abwäscht mit seinem Blut — zu Jesus Christus. Meinem zerschlagenen Körper schenkte er die Heilung der Seele. — Deshalb sagte ich, daß unsere Gebete erhört worden sind. Der Körper vergeht ja — das Leben hier ist kurz — aber die Ewigkeit ist lang."

Rudolf Herbst antwortete nicht, er sah still vor sich nieder. Sie hat ebenso viel gelitten wie ich, nur anders — und sie ist zum Frieden gekommen, dachte er.

„Wenn ich hier vor Ihnen so kümmerlich sitze, müssen Sie nicht denken, ich sei unglücklich. Wie ein Kind lebe ich von der täglichen Hilfe und Gnade Gottes. Auch meine Lieben sind nicht unglücklich, obgleich ich sie so belasten muß. Ich hoffe, Sie verstehen jetzt, was ich vorhin meinte. — Und nun reisen Sie mit Gott", sagte die Kranke abschließend und grüßte ihn mit den Augen.

Frau Elfriedes Worte begleiteten Rudolf Herbst, während er in tiefen Gedanken die Treppe zu seinem Stübchen emporstieg; sie ließen ihn nicht los.

Angeregt plaudernd betraten Vater und Tochter Heinze das Wohnzimmer. Sie berichteten der Mutter von der Bibelarbeit und von den verschiedenen Bekannten, die sie getroffen hatten.

„Und du, Mutting, ist dir die Zeit nicht lang geworden?" fragte der Meister herzlich.

„Nein, gar nicht, ich hatte Besuch."

„Das ist doch nicht möglich!" Vater und Tochter riefen es wie aus einem Munde, weil sie wußten, daß sie die Haustür hinter sich verschlossen hatten.

„Doch. Herbst war bei mir." Und nun berichtete die Mutter über die Reise des Gehilfen und ihren tatsächlichen Grund.

„Diese Aufrichtigkeit gefällt mir", sagte Vater Heinze.

Hanne stand mitten im Zimmer. „Glaubt ihr, daß ein Mann wie dieser Rudolf Herbst einen Menschen umgebracht haben kann?" fragte sie die Eltern.

„Ich vermag's mir nicht vorzustellen", sagte bedächtig der Vater. „Und wenn er es doch getan haben sollte, so muß er durch ganz besondere Umstände oder schlechte Menschen dazu gebracht worden sein. Er war ja damals noch blutjung. Jedenfalls", schloß der Mann mit fester Stimme, "der Rudolf Herbst von heute, mein guter, fleißiger Mitarbeiter, würde dazu niemals imstande sein!"

"Und du, Mutter, was meinst du?" forschte das Mädchen.

"Ich glaube, er hat es nicht getan", sagte die Kranke.

"Ich bin deiner Meinung, Mutter, wie immer."

Mit sachten Händen hoben Vater und Tochter die Mutter auf, um sie ins Schlafzimmer zu tragen. Als die schwere Prozedur des Ausziehens überwunden war, beugte sich Hanne zu ihr nieder: "Wir müssen beten, daß die Reise Erfolg hat, Mutter", sagte sie eindringlich, fast leidenschaftlich.

"Wir müssen f ü r i h n beten, Hanne", gab Frau Elfriede zurück.

Rudolf Herbst wußte es nicht, daß sich in dieser Nacht ein Ring um ihn schloß — ein Ring des Gebets. Da war zunächst sein alter Meister und Hausvater, der ihn, wie jeden der anderen Hausgenossen, warm in die allabendliche Fürbitte einschloß, und dann Eberhard Model und Angelika Schreiber, die schon immer betend seiner gedachten. Jetzt traten zwei neue Glieder hinzu, die die Kette schlossen: Mutter und Tochter Heinze. Nein, Rudolf Herbst wußte es nicht. Aber das Wort von Frau Heinze: "Reisen Sie mit Gott" begleitete ihn auf seiner Fahrt — auch dann, als er von Helds Hauswirtin erfahren mußte, daß der alte Mann in der letzten Nacht gestorben war.

"Hat er Ihnen noch irgend etwas gesagt?" forschte Rudolf eindringlich.

„Ach, er hat viel dummes Zeug geredet — die Schwester kann es Ihnen bestätigen. Etwas hat er immer wiederholt bis zuletzt: ‚Sagt ihm, daß ich gelogen habe — gelogen — gelogen.‘"

Konnte man damit etwas anfangen? grübelte Rudolf. Er sagte der Hauswirtin, daß er nicht leiblich verwandt mit dem Verstorbenen sei und mit seinem Nachlaß und der Bestattung nichts zu tun habe. Sie möge alles mit den Behörden regeln. Dann drückte er der Frau einen Zehn-Mark-Schein in die Hand und verabschiedete sich. Sie wird sich schon schadlos halten, dachte er, während er sich auf den Weg zu der Gemeindeschwester machte.

Er traf eine alte Frau mit einem lieben, klugen Gesicht und sagte ihr nach kurzem Überlegen, daß der Verstorbene seiner Ansicht nach der geheime Mitwisser eines Verbrechens gewesen wäre, an dessen Aufdeckung ihm sehr viel gelegen sei, und bat sie, ihm möglichst genau über die letzten Tage und vor allem über das, was sie am Krankenbett gehört hatte, zu berichten.

Die Schwester dachte angestrengt nach. „Er sprach von einem Schurken, der an allem schuld sei", sagte sie endlich.

„Nannte er einen Namen?" fragte Rudolf Herbst in höchster Spannung, „vielleicht: Hans Schwarz?"

„Hans Schwarz? Ich glaube, das war der Name — ja, er war es. Der Alte sprach sehr undeutlich, die Sätze und Worte überstürzten sich — aber den Namen habe ich gehört. Immer wieder rief er: ‚Sagt ihm, ich habe gelogen.‘"

Rudolf bedankte sich für die Auskunft und ging

zum Bahnhof. Wenn ich gleich fahre, könnte ich in der Nacht daheim sein und am nächsten Morgen wieder an der Werkbank stehen, überlegte er. Die Mutter besuchen? Ihn trieb nichts zu ihr.

Hatte er nun etwas erreicht oder nicht? Während der Rückfahrt sann er darüber nach, aber seltsamerweise quälte und belastete ihn der Gedanke nicht. Der Hauch eines ihm bisher unbekannten Friedens umgab ihn. „Reisen Sie mit Gott", hatte Frau Heinze gesagt. Ich werde über alles mit Herrn Model sprechen, er soll mir raten, beschloß Rudolf, und über diesem Entschluß fielen ihm die Augen zu. Er schlief so fest und tief, daß er beinahe das Aussteigen verpaßt hätte.

Rudolf Herbst nahm die erste passende Gelegenheit wahr, Frau Heinze das Ergebnis seiner Reise mitzuteilen. Am nächsten Sonntag suchte er dann Herrn Model auf und hatte mit ihm eine lange Unterredung.

„Ich glaube nicht, daß diese Hinweise schon zur Wiederaufnahme eines Verfahrens ausreichen", sagte der Hausvater nachdenklich. „Zunächst müßten Sie meiner Ansicht nach versuchen, diesen Hans Schwarz ausfindig zu machen. Haben Sie schon eine Detektei damit beauftragt?"

„Bis jetzt noch nicht. Aber ich hatte es schon längst vor", bekannte Rudolf.

„Tun Sie es sofort — oder besser, ich werde mich persönlich darum kümmern, damit Sie an ein seriöses Unternehmen kommen. Überlassen Sie mir bitte die Gruppenaufnahme, die Sie mir einmal zeigten. Ich hafte dafür, daß Sie das Bild zurückerhalten. In den nächsten Tagen sage ich Ihnen Bescheid über das

Resultat meiner Erkundigungen. — Darf ich bei Heinzes anrufen? Haben Sie mit ihnen gesprochen?"

„Ja, mit Frau Heinze."

„Das ist gut, da sind Sie an der richtigen Stelle. Und nun guten Mut, junger Freund, ich habe das Gefühl, wir sind ein Stück vorwärtsgekommen."

Wenige Tage später stand Rudolf Herbst im Büro der Detektei und beantwortete viele sachliche Fragen. Aus der Gruppenaufnahme heraus war das Gesicht des Hans Schwarz photographiert und stark vergrößert worden. Die typischen Merkmale dieses Gesichts, die aufgeworfenen Lippen, das freche Lächeln und die welligen Haare konnte man deutlich erkennen auf den vielen Abzügen, die auf dem Schreibtisch ausgebreitet lagen.

„Alle diese Bilder mit der genauen Personalbeschreibung, die Sie mir gegeben haben, gehen jetzt an unsere Leute hinaus", erläuterte der Firmeninhaber. „Wir haben unsere Vertrauensmänner in allen größeren Städten Deutschlands. Aber zunächst will ich einmal gründlich unsere Stadt durchkämmen lassen, in der sich viele dunkle Elemente herumtreiben, weil sie glauben, mit den Amerikanern oder durch die Amerikaner lohnende Geschäfte machen zu können."

„Ich habe bereits die amerikanischen Kasernen und das Einwohnermeldeamt erfolglos aufgesucht", wandte Rudolf Herbst mutlos ein.

„Ja, so einfach ist das nun nicht. Wenn sich jeder Verbrecher polizeilich anmelden würde — unter seinem bürgerlichen Namen — dann hätte die Polizei ein leichtes Spiel, und wir Detekteien könnten unsere Tore schließen oder zum mindesten unsere Betriebe auf ein

Minimum einschränken", sagte der glatte Geschäftsmann mit überlegenem Lächeln.

Rudolf Herbst blickte um sich. Das Büro der Detektei sah nicht so aus, als gingen die Geschäfte schlecht. Er entrichtete die geforderte, recht ansehnliche Anzahlung, hinterließ seine Adresse und die Heinzesche Telephonnummer.

„Ich denke, in spätestens vier Wochen werden Sie von mir hören", versprach der Firmeninhaber beim Abschied.

Jetzt wurde es wirklich Frühling. In der kurzen Mittagspause zeigte Hanne Heinze dem Gehilfen ihres Vaters den Garten. Die mächtigen Zweige des alten Apfelbaums, den Rudolf schon immer vom Hof aus gesehen hatte, waren noch kahl, aber die Stachelbeersträucher, die den Gartenweg säumten, hatten schon grüne Blättchen, und die Forsythien an der Hausmauer leuchteten goldgelb. Vor der Mauer blühten Krokusse, lila und gelb, und Märzbecher in großer Fülle. Die Schneeglöckchen waren schon im Vergehen, dafür reckten die ersten Veilchen schüchtern ihre dunklen Köpfchen. Hanne pflückte einen winzigen Strauß davon. Sie mußte die winzigen Dinger noch beinahe aus der Erde herausscharren.

„Riechen Sie mal, Herr Herbst, ist das nicht der leibhaftige Frühling?" fragte sie fröhlich.

Blühend und kraftvoll stand das Mädchen vor ihm, beschienen von den Strahlen der Sonne, und Rudolf sah zum erstenmal, welch eine stattliche und gut gewachsene junge Frau diese Hanne Heinze eigentlich war. Der Anblick tat seinem Herzen wohl. Bis jetzt hatte er das Mädchen als tüchtige, nüchterne Geschäftsfrau und Helferin des Vaters, als liebende Tochter und Pflegerin der Mutter und sorgende Hausfrau kennen und schätzen gelernt. Niemals hatte er so recht den Blick zu ihr zu erheben gewagt, weil sie ihm wie ein Wesen aus einer anderen Welt erschienen war, einer Welt, zu der er keinen Zutritt besaß. Und jetzt stand dieses Fräulein Heinze dicht neben ihm, jung und gesund wie er, und sie fühlten beide die warme, belebende Kraft des Frühlings. „Das Sträußchen ist für Mutter", sagte Hanne, „ach, wenn sie das hier doch auch einmal mit eigenen Augen sehen könnte!"

„Wäre es nicht möglich, sie herauszubringen?" schlug Rudolf Herbst vor und ließ kein Auge von der Tochter des Hauses. Wenn sie doch einmal die Brille absetzen würde, dachte er dabei, sie muß große, schöne Augen haben.

Hanne Heinze wurde unsicher unter dem Blick des jungen Mannes, und dieses kleine Verlegensein stand ihr sehr gut. Ihr Gesicht, das durch die viele Stubenluft etwas blaß war, färbte sich rosenrot.

„Mutter herauszutragen würde zu schwer für Vater und mich sein. In einem richtigen Rollstuhl zu fahren, erträgt sie nicht, nur in dem Stubenroller kann sie sitzen. Sie wissen sicher nicht, daß Mutter ein Bein nach vergeblicher Operation abgenommen wurde, und auch das andere ist nur noch ein Stumpf." Des Mädchens eben noch rosiges, junges Gesicht sah wieder blaß und ernst aus, während es fortfuhr: „Bei einem der letzten großen Angriffe auf unsere Stadt ist Mutter unter die Trümmer geraten, nur einem Wunder verdanken wir ihr Leben."

„Sie sprach mir davon, aber daß es so schlimm ist, wußte ich nicht", sagte Rudolf Herbst bestürzt. Am liebsten hätte er angeboten, die Gelähmte in die Frühlingssonne zu tragen. Seine Arme waren ja stark und gesund, aber bei seiner immerwährenden Angst vor Abweisung wagte er es nicht.

„Meine Zeit ist um, ich muß wieder an die Arbeit. Ich danke Ihnen, Fräulein Heinze, daß Sie mir den Garten gezeigt haben", sagte er ein wenig hölzern und kehrte in die Werkstatt zurück. Hanne seufzte leise und begab sich an ihren mittäglichen Abwasch.

Es war ein paar Tage später. Rudolf Herbst wollte gerade die Treppe hinabsteigen, um sich seine Wasserkanne noch einmal vor der Nacht zu füllen, als er ein merkwürdiges Stampfen im Hausflur hörte. Er öffnete die Bodentür und sah den kleinen, traurigen Zug: Vater Heinze und seine Tochter hatten mit den Händen eine Art Trage gebildet, darauf saß die gelähmte Frau, steif wie ein Brett. Der Stumpf ihres Beines hing hilflos herab. Das Gesicht des Meisters war hochrot, man sah ihm die Anstrengung an, die ihm dieses unbequeme Tragen verursachte. Rudolf setzte die Wasserkanne nieder. Alle inneren Vorbehalte vergessend, stand er mit wenigen Sprüngen neben den dreien.

„Bitte, erlauben Sie mir, Frau Heinze zu tragen, mir macht es nicht das geringste aus, ich täte es sehr gern."

Der Meister wollte abwehren, aber da kam die Stimme der Kranken: „Versuchen wir es doch einmal, wenn Herr Herbst so gut sein will." Und als Vater Heinze immer noch zögerte, fügte sie hinzu: „Sehr bequem ist es ja auch für mich nicht, so zwischen euch beiden zu schweben."

Das gab den Ausschlag. Leicht und vorsichtig hob Rudolf die für ihn geringe Last auf und trug sie der vorangehenden Hanne nach ins Schlafzimmer. Sorgfältig ließ er die Bedauernswerte auf das Bett niedergleiten.

„Wie ein gelernter Krankenpfleger", lobte Frau Heinze und lächelte dankbar zu dem jungen Menschen auf, der vor Freude errötete. „Dürfte ich es nicht jeden Abend tun?" fragte er schnell.

„Dankend angenommen", sagte Frau Elfriede, „meinen beiden würden Sie damit eine Last abnehmen und mir Schmerzen ersparen."

Rudolf blickte sich nach Hanne Heinze um. Mit von der Anstrengung erhitzen Wangen und glänzenden Augen stand sie am Fußende des Bettes. Die Brille hatte sie abgenommen. Zum erstenmal sah Rudolf ihre großen, dunklen Augen, die den etwas hilflosen Ausdruck der Kurzsichtigen trugen. Eine Haarsträhne hatte sich aus der strengen Frisur gelöst und ringelte sich bis auf die Schulter herab. Alle Herbheit war aus dem Gesicht verschwunden.

„Wird es Fräulein Heinze auch recht sein?" fragte Rudolf befangen.

„Mir ist alles recht, was Mutter gut tut", antwortete Hanne mit leicht verschleierter Stimme.

Rudolf wünschte gute Nacht und holte sich sein Wasser aus der Küche. Nachdem er wieder in seinem Stübchen angekommen war, öffnete er das Fenster. Mit langen, durstigen Zügen sog er die weiche Frühlingsluft in seine Lungen. Voll tiefen Mitleids dachte er an die Kranke, deren ganzes körperliches Elend er erst jetzt kennengelernt hatte. Wie gern wollte er helfen, ihr schweres Los zu erleichtern. Aber auch einer anderen wollte er helfen! Trug sie nicht viel zu schwere Lasten, diese Hanne Heinze, von der er bisher gemeint hatte, daß sie stark sei und fest wie ein Mann? Oh nein, sie war weich, empfindsam und weiblich. Heute hatte er ihr wahres Gesicht nahe gesehen, wie sie am Bett der Mutter stand mit den heißen Wangen und den großen Augen. Wärme überflutete sein Herz, und er meinte, es müßte für ihn nichts Schöneres auf der Welt geben, als diesem Mädchen einen Teil seiner Lasten abzunehmen.

Ein freudiges Ereignis, das aber, wie so viele Freuden dieser Welt, eine dunkle Kehrseite hatte, brachte die kleine Heinzesche Hausgemeinschaft aus dem Gleichmaß ihres Alltags: Bella bekam Junge! Schon mehrere Tage hatte sie sich nur noch mühsam durch die Räume geschleppt — und dann war es eines Tages soweit.

Martin verkündete es Rudolf schon vor dem Frühstück, und als sich dieser vorsichtig dem Wochenbett nähern wollte, wurde er von seiner Freundin Bella böse angeknurrt. Da lagen sie, drei winzige, rattenähnliche Wesen. Die Wöchnerin bewachte mit Argusaugen ihr Körbchen im Wohnzimmer, damit keinem ihrer Kinder ein Leid widerfahre.

„Was, fangen Sie mit den Tieren an?" erkundigte sich Rudolf.

Hanne zuckte mit den Schultern: „Wenn ich das wüßte."

„Verkaufen", schlug Rudolf vor.

„Wer kauft denn Dackel, die nicht rasserein sind?

— „Das heißt", verbesserte sich Hanne, „beinahe sind sie es ja."

„Könnten Sie sie nicht verschenken?"

„Ach, wir haben schon so viele verschenkt. Alle unsere Bekannten sind eingedeckt. Das Ereignis wiederholt sich mindestens einmal im Jahr."

„Ja, dann" — Rudolf war am Ende seines Lateins, und er wollte doch so gerne helfen.

Am Abend wurde er Ohrenzeuge eines Gesprächs zwischen dem Meister und Martin. Sie standen beide in der Küche und wuschen sich. „Martin", hörte er Meister Heinze sagen, „könntest du die kleinen Hunde nicht totmachen? Mit einem Schlag ist es geschehen. Es tut ihnen bestimmt nicht weh. Sie sind ja noch so klein."

„M—M—Meister, ich kann nicht", stotterte der Lehrjunge.

„Ich auch nicht", entgegnete Vater Heinze mit einem tiefen Seufzer.

Darauf der Lehrjunge: „K—K—Könnte nicht H— H— Herbst?"

Hanne Heinze mischte sich ein. Ihre Stimme klang streng: „Laßt Herrn Herbst damit zufrieden, er kann ebensowenig eine Kreatur töten wie ihr."

Rudolf wollte gerade die Küche betreten, um sich ebenfalls den Schmutz der Arbeit von den Händen zu waschen. Er tat es nicht, er machte kehrt, ging auf die Bodentreppe zu und setzte sich auf eine der untersten Stufen. Die Tür zog er hinter sich zu. Er mußte für ein paar Augenblicke allein sein. Sie glaubt mir, sie vertraut mir, sie weiß, daß ich keine Kreatur umbringen kann, nicht einmal kleine Hunde! Sein Herz klopfte in stürmischer Freude. Und wie er so auf der Treppe saß mit seinen verschmutzten Händen, war ihm zumut, als wandle er durch einen Frühlingsgarten, um ihn sängen und jubilierten die Vögel und neben ihm ginge Hanne, die Hanne mit dem warmen Gesicht und den schönen dunklen Augen, die soeben gesagt hatte: „Er kann nicht töten."

Aber das Glück, so schnell und so stürmisch es ihn überflutet hatte, währte nur kurze Zeit. Was hilft es mir, wenn sie an mich glaubt? Es ist eine Freude für mich, eine große, unerwartete Freude, ein Geschenk, das ich still für mich aufbewahren will. Der Welt und den Menschen gegenüber wird es nichts bedeuten, diesen Menschen gegenüber, die doch immer nur das sehen, was vor ihren Augen ist, und gar zu gern bereit sind, über ihre Mitmenschen herzufallen, am allermeisten über einen solchen wie mich, der einen Makel vor dem Gesetz an sich hat. „Wer einmal lügt, dem glaubt man nicht", sagen die Menschen, und wie oft lügen sie? Täglich — aber das zählt ja nicht, das wird nicht bestraft nach dem Gesetz. Nein, Hanne, es darf keine Verbindung zwischen uns beiden geben — nicht eher jedenfalls, bis es mir gelungen ist, den Strick zu zerreißen, der mich fesselt. — Wird es mir jemals gelingen? — Aber helfen möchte ich dir, liebe Hanne, in allem, was für dich zu schwer ist, in großen und in kleinen Dingen — zuerst einmal in dieser Hundegeschichte...

Am nächsten Tage hatte Rudolf auswärts zu tun. Er beeilte sich sehr und richtete nach der Arbeit seine Schritte nicht heimwärts wie sonst, sondern fuhr mit der Straßenbahn dem Zentrum der Stadt zu. Sein Zuspätkommen entschuldigte er bei dem Meister mit einem wichtigen Weg, den er in eigenen Angelegenheiten habe machen müssen.

Hanne Heinze saß vor dem Schreibtisch und rechnete, als das Telephon schrillte. Sie hob den Hörer ab, eine fremde Männerstimme erklang aus der Muschel.

„Ist dort Heinze?"

„Ja."

„Könnte ich mir einmal die jungen Dackel ansehen?"

Völlig verwirrt fragte die sonst nicht gerade begriffsstutzige Hanne: „Welche Dackel?"

„Nun, dieselben, die Sie in den ‚Neuesten Nachrichten' anboten — hier habe ich die Annonce: Drei hübsche, gesunde, junge Dackel zu verschenken."

„Aber sie sind ja noch zu klein", erwiderte das Mädchen, „es dauert mindestens vier Wochen, bis ich sie von der Alten fortnehmen kann."

„So, das steht nicht in der Annonce", kam es gedehnt aus der Muschel, „aber ansehen könnte ich sie mir vielleicht doch."

„Bitte", entgegnete Hanne und legte den Hörer auf.

Kurze Zeit darauf klingelte es an der Tür und Hanne ging, um zu öffnen. Eine Frau stand draußen.

„Bin ich hier recht bei Heinze?" fragte sie mit gezierter Stimme. „Es ist wegen der jungen Hunde. Sind es wirklich echte Dackel, die Sie verschenken wollen?"

„Ganz echt sind sie nicht, aber fast", gab Hanne zurück und wunderte sich zum zweiten Mal.

„Dann kommen sie für uns nicht in Frage", erklärte die Dame und stöckelte auf ihren überhohen Absätzen davon.

„Dir hätte ich auch keines von Bellas Kindern anvertraut. Zum Schoßhündchen sind sie bestimmt nicht geeignet", sagte Hanne vor sich hin, während sie sich nachdenklich die „Neuesten Nachrichten" der letzten beiden Tage hervorsuchte. Da stand es tatsächlich:

„Drei hübsche, gesunde, junge Dackel zu verschenken." Wie in aller Welt war die Annonce in das Blatt gekommen?

Nach einer halben Stunde klingelte es abermals. Ein pausbäckiger Schuljunge stand da.

„Komme ich auch nicht zu spät — ich meine, ist noch einer von den Dackeln da?" fragte er atemlos.

„Du kommst nicht zu spät", sagte Hanne freundlich. „Sie sind noch so klein und müssen mindestens vier Wochen bei der Mutter bleiben."

„Ist man gut", entgegnete der Junge mit einem Seufzer der Erleichterung. „Könnte ich sie mir mal ansehen?"

Lange und abschätzend stand der etwa Zwölfjährige vor Bellas Familienidyll.

„Schön sind sie ja nicht, wenn sie so klein sind", erklärte er endlich, „aber die werden. Ich kenne das. Ich hatte auch einen Hund, den haben sie mir totgefahren."

„Und jetzt möchtest du wieder einen haben?" fragte Hanne.

Der Junge nickte eifrig. „Meine Mutter hat gesagt, ich darf, wenn er nichts kostet."

„Er kostet nichts, aber du mußt dich noch etwas gedulden. — Welchen von den Kleinen hättest du denn gern?"

Wieder vertiefte sich der Junge in den Anblick von

Bellas Kindern, aber als er zu nahe kam, wurde die Mutter ungemütlich und knurrte ihn an.

„Brauchst dich nicht aufzuregen", beruhigte der Junge. „Der kleine Braune täte mir gefallen — er wird mal so wie meine Nixe."

„Nun gut", schloß Hanne Heinze den Handel ab, „du kannst ihn dir in vier Wochen holen. Aber wenn du nicht anständig zu dem Tier bist, kriegst du es mit mir zu tun."

„Sie können sich fest auf mich verlassen", beteuerte der angehende Hundebesitzer und gab seine Adresse ab. Auch das Geschäft mit dem ersten Interessenten wurde noch am selben Nachmittag perfekt.

Am Abendbrottisch berichtete die Haustochter von ihren seltsamen Erlebnissen. Zufällig fiel dabei ihr Blick auf das Gesicht des Gehilfen. Ihr ging ein Licht auf, und es wurde ihr warm ums Herz.

Nach dem Essen stand sie einen Augenblick mit Rudolf Herbst vor dem Hundekörbchen. Bella hatte ihr anfängliches Mißtrauen verloren und knurrte nicht mehr, wenn man sie streicheln wollte.

„Bis auf eins wären wir die Kleinen los", sagte Hanne und streifte den jungen Mann mit einem lächelnden Seitenblick.

Grübchen hat sie auch, wenn sie lacht, dachte Rudolf entzückt. Leider lacht sie so selten.

„Ich möchte bloß wissen, wie die Annonce in die Zeitung gekommen ist", hörte er Hannes fragende Stimme neben sich.

Rudolf beugte sich tiefer über das Körbchen. „Ist das nicht völlig gleichgültig? Die Hauptsache bleibt der Erfolg", sagte er. Nach einer Weile fügte er hinzu:

„Als ich Kind war, hatten wir zu Hause einen schwarzen Langhaardackel. Er hieß Waldmann und war mein bester Freund. Der kleine Schwarze da könnte genauso einer werden."

„Möchten Sie, daß wir ihn behalten?" fragte Hanne.

„Aber das kann man Ihnen doch nicht zumuten, Fräulein Hanne, bei all der vielen Arbeit. Höchstens, daß ich — ich meine, daß ich ihn vielleicht bei mir versorgen dürfte?"

„Es wird sich finden — jedenfalls gebe ich ihn nicht fort", sagte die resolute Hanne.

Am Abend, nachdem Martin gute Nacht gewünscht hatte, erklärte sie ihren Eltern: „Die Sorge um Bellas Kleine sind wir los. Für zwei habe ich eine Stelle, das dritte behalten wir. Wir können es Bella nicht antun, ihr alle Kinder wegzunehmen. Wenn noch Leute kommen sollten, schicke ich sie fort. Der kleine Schwarze ist ein Welpe — ich hoffe, er wird sich auch später mit Bella vertragen."

Es kamen Frühlingstage, fast beängstigend schön, die etwas von der Ahnung in sich bargen, daß sie nicht allzu lange anhalten würden. So empfand Rudolf Herbst jedenfalls das stille Glück, das er jetzt durchkostete.

Eines Morgens brachte die Post ihm einen Brief, einen Geschäftsumschlag wie viele andere, aber ohne Firmenaufdruck. Mit hastigen Fingern riß er das Kuvert auf. Der Brief war von der Detektei.

„Sehr geehrter Herr Herbst!

Unserem Mitarbeiter ist es gelungen, einen Mann zu ermitteln, dessen Äußeres mit der von Ihnen ge-

machten Personalbeschreibung und dem Lichtbild über-
einstimmt. Da es sich um einen Deutsch-Amerikaner
handelt, glaubten wir zunächst, auf falscher Fährte zu
sein. Wir ließen den Mann aber trotzdem beobachten
und stellten auch Nachforschungenn über seine Person an. Dabei ergaben sich verschiedene Unstimmigkeiten. Wäre es Ihnen möglich, in den nächsten Tagen
in unser Büro zu kommen?"

Rudolf erbat sich einen freien Nachmittag. Da er
noch kaum persönliche Wünsche geäußert hatte und
außerdem eine mühsame Arbeit soeben abgeschlossen
war, wurde ihm die Bitte sofort gewährt.

Trotz der frühen Jahreszeit brannte die Sonne som-
merlich warm vom Himmel, als er sich kurz nach Tisch
zum Gang in die Stadt fertigmachte. Er wählte den
Weg durch die Anlagen. Auf den Beeten blühten Früh-
lingsblumen. Überall begegneten ihm Menschen in
hellen Kleidern, aber seine Augen nahmen heute die
heiteren Farben der Umwelt nicht auf. Eine tiefe Be-
unruhigung hatte sich seiner bemächtigt, deren er mit
Gründen der Vernunft nicht Herr zu werden vermochte.
Vergeblich sagte er sich immer wieder: Endlich ist es
soweit — eine Spur ist gefunden. Müßte ich darüber
nicht froh sein? Vielleicht bringt sie mich einen Schritt
näher an das ersehnte Ziel. — Aber er war nicht froh,
nur sehr unruhig.

In der Detektei erfuhr er, daß der Mann, um den es
sich handelte, unter dem Namen Jonny Black in einem
Gasthaus der Vorstadt gemeldet sei. Als Nationalität
hatte er „Amerikaner" angegeben. Einen ständigen
Wohnsitz schien er nicht zu haben. Auch in seinem
jetzigen Domizil hielt sich der Mann erst seit vierzehn

Tagen auf. Am sichersten würde dieser Black in einem bekannten Lokal der Innenstadt zu treffen sein, in dem sehr viele Amerikaner verkehrten. Dort war er in den letzten Wochen jeden Abend beobachtet worden. Der Inhaber der Detektei riet Rudolf Herbst, sich an diesem Abend zwischen acht und zehn Uhr dorthin zu begeben, sich unter die Gäste zu mischen und erst einmal unauffällig diesen Menschen zu betrachten. Sollte es sich tatsächlich um den Gesuchten handeln, so erbäte er sich sofort telephonisch Bescheid, damit man weitere Schritte unternehmen könne. Rudolf versprach, sich an diese Anweisung zu halten, und verabschiedete sich.

Es war noch früh am Nachmittag. Was sollte er mit seiner freien Zeit anfangen? Zuerst dachte er daran, Herrn Model aufzusuchen, verwarf aber diesen Gedanken wieder, weil er wußte, daß des Hausvaters Zeit knapp bemessen war. Und was hätte er ihm auch mitzuteilen gehabt? Er wußte ja selbst noch nicht, ob er auf dem richtigen Weg war. So wandte er seine Schritte heimwärts.

Die Heinzesche Haustür stand auf, und so gelangte er unbemerkt in den Flur. Gerade wollte er an die Tür des Kontors klopfen, um seine frühzeitige Heimkehr zu melden, als er laute Stimmen hörte, die aus dem Wohnzimmer herüberklangen. Die Tür zwischen Büro und Wohnzimmer stand wahrscheinlich auf. Unschlüssig verharrte er. Plötzlich verstand er, was im Wohnzimmer gesprochen wurde. Wie gebannt blieb er stehen.

„Und ich sage dir, Hanne, niemals wird dir wieder eine so gute Gelegenheit geboten wie diese. Überlege es dir noch einmal. Fricke kann nicht mehr länger warten", hörte Rudolf Onkel Theobalds sich vor Erregung überschlagende hohe Stimme.

„Und ich sage dir, ich heirate nicht ohne Liebe. Das ist mein letztes Wort."

„Hast du etwa einen anderen Mann im Kopf?" fistelte Onkel Theobald.

„Und wenn es so wäre?" vernahm Rudolf Hannes Antwort. Sein Herz begann heftig zu schlagen. Was würde das Mädchen weiter sagen? Ein wirres Durcheinander von Gefühlen und Gedanken bestürmte ihn. Eine Stimme in seinem Innern mahnte: Du mußt hier fortgehen, es ist nicht recht, daß du hinter der Tür stehst und lauschst. Aber er konnte sich nicht vom Fleck rühren.

„Du kennst keinen Menschen, Hanne, du kommst ja nicht aus dem Haus", eiferte sich Theobald Stenzel, „oder solltest du etwa — aber nein, das ist zu abwegig. Ein Mädchen wie du ist viel zu vernünftig, um überhaupt auf solch einen Gedanken zu kommen —"

„Auf welchen Gedanken, Onkel Theo?"

„Auf den Gedanken, sein Herz an einen Menschen zu hängen, der ein Verbrechen begangen hat — ein schweres Verbrechen, wie dieser Herbst, den dein Vater in seiner unbegreiflichen christlichen Nächstenliebe ins Haus genommen hat. Sag mir eins: ist das christlich, ist das recht, sich selbst und euch beide schutzlose Frauen einer solchen Gefahr auszusetzen?"

· „Theo! — Onkel Theo!" ein zweistimmiger Schrei klang auf und danach Hannes heftige Stimme:

„Kein Wort weiter, Onkel Theo. Ich will nicht, daß über diesen Mann gesprochen wird, der Vaters bester Mitarbeiter ist — der zu Unrecht gelitten hat. Er hat das Verbrechen nicht begangen, dessen man ihn beschuldigt; über diesen Mann, Onkel Theo, den ich — den ich liebe —"

„Halt, Fräulein Heinze, nicht weiter." Unbemerkt von den drei erregten Menschen war Rudolf Herbst eingetreten. Totenblaß und zitternd stand er mitten im Zimmer. Onkel Theo machte eine Bewegung der Tür zu, als wolle er entfliehen. Rudolf vertrat ihm den Weg.

„Fürchten Sie nichts. Ich habe weder einen Menschen umgebracht noch gedenke ich es zu tun. Aber ich wünsche, daß Sie hierbleiben und anhören, was ich zu sagen habe."

„Sie haben gelauscht", brachte Theobald Stenzel endlich mühsam hervor, „dazu hatten Sie kein Recht."

„Gewiß hatte ich kein Recht, aber es ist nun einmal geschehen, und es gibt größeres Unrecht als das. — Jetzt hören Sie gut zu, Herr Stenzel. Sie, der Sie so genau wissen, was recht und unrecht ist, merken Sie sich, was ich sage." Rudolf trat auf das Mädchen zu, das neben dem Sessel der Kranken lehnte. So hilfsbedürftig und schwach wirkte die große, stolze Hanne Heinze, daß der Gedanke, sie in die Arme zu schließen und niemals wieder loszulassen, Rudolf einen Augenblick lang fast überwältigte. Aber er bezwang sich.

„Ich danke Ihnen, Fräulein Heinze, für Ihre Worte, ich danke Ihnen für alles, was Sie täglich für mich getan haben, aber am meisten danke ich Ihnen für Ihren Glauben an mich, der mein allergrößter Besitz ist. Ich möchte Ihnen sagen, daß Sie für mich der Mensch sind, den ich auf Erden am höchsten schätze. Hätte ich ein Mädchen wie Sie zur Schwester gehabt, hätte ich eine Mutter wie die Ihre meine Mutter nennen dürfen, vieles wäre anders geworden in meinem Leben. Aber in einem Punkt denke ich genauso wie Sie."

Er hielt einen Augenblick inne, weil er glaubte, nicht weitersprechen zu können. Seine Zunge widersetzte sich, während er mühsam hervorbrachte: „Auch ich heirate nur aus Liebe." Und dann leise, fast unhörbar: „Das, was Sie für mich empfinden, ist nur Mitleid. In Ihrer großen Güte haben Sie es mit Liebe verwechselt. Fräulein Hanne, Sie sind völlig frei — denken Sie nur an sich selbst und an Ihr Glück."

Rudolf Herbst drehte sich um und verließ das Zimmer.

„Dann wäre es wohl auch für mich das beste, zu gehen?" fragte Theobald Stenzel und sah sich nach den beiden Frauen um, als erwarte er, zurückgehalten zu werden. Aber niemand sprach. So wandte auch er sich zur Tür und ging.

Laut weinend warf sich Hanne Heinze neben der Mutter Stuhl nieder, die ihr so gerne den dunklen Kopf gestreichelt hätte — aber ihre armen Hände vermochten es ja nicht. Sie ließ Hanne sich ausweinen und sprach kein Wort. Aber sie tat etwas anderes — sie betete.

Nach einer Weile wurde das Weinen des Mädchens stiller und verstummte schließlich. Hanne richtete sich auf. „Verzeih, Mutter", sagte sie leise.

„Ich habe dir nichts zu verzeihen, Kind. — Und nun geh an deine Arbeit und sei getrost. Gott hilft uns, dir und mir und ihm."

Wie ein Geschlagener saß Rudolf Herbst auf seinem Bett. Die große Erregung war verrauscht. Was hatte er getan? Hatte er nicht eben ein warmes, zärtliches Mädchenherz aufs tiefste beleidigt, indem er ihm erklärte:

„Ich schätze dich, ich achte dich, du tüchtige, gütige Hanne Heinze — aber ich liebe dich nicht." — Hätte er aber anders handeln dürfen? Vor allem diesem Onkel Theobald gegenüber, der zugleich der Repräsentant all der anderen war, die über das wehrlose Mädchen und seine Eltern herfallen würden, wenn sie tatsächlich daran dächte, sich mit ihm zu verbinden, mit ihm, an dem der Makel einer unauslöschlichen Vergangenheit haftete? Denn selbst, wenn es ihm gelingen sollte, eine Wiederaufnahme seines Verfahrens zu erwirken, würde es jemals zu einem Freispruch auf Grund erwiesener Unschuld kommen — zu diesem seltensten aller Urteile? — Nein, er hatte nicht anders handeln können und dürfen an dem Mädchen, das er liebte und achtete wie nichts auf der Welt, und an den Eltern dieses Mädchens, die ihm so viel Gutes erwiesen hatten.

Wie hatte doch dieser saubere Onkel Theobald gesagt: „Du mußt dich entscheiden, Hanne, eine solche Gelegenheit kommt nicht wieder!" — Also gab es einen Mann, der ebenfalls erkannt hatte, welch ein Schatz diese Hanne Heinze war, und der ein größeres Recht dazu besaß als er, diesen Schatz zu heben und zu halten.

Rudolf Herbst ballte die Fäuste, bis die Knöchel weiß hervortraten. Ich weiß, daß ich ihr nicht im Wege stehen darf — aber es ist schwer — bitter schwer!

Langsam sank der Abend hernieder, und je dunkler es in dem kleinen Zimmer wurde, um so mehr verdüsterte sich sein Herz. War es denn wieder so wie immer in seinem Leben? Mußte er wieder hergeben, was er liebgewonnen hatte? Weshalb nur? Warum? — Flüchtig dachte er an die gelähmte Frau, die ein Stockwerk tiefer im selben Haus saß, geduldig, ohne gegen ihr hartes Schicksal zu murren, ja, noch mehr, die es ansah als gnädige Fügung Gottes. Aber er schob den Gedanken beiseite. Sie ist eine alte Frau, diese Frau Heinze, aber mein Herz ist jung, es schlägt heiß in meiner Brust, es liebt und wird geliebt — und es muß verzichten. Weshalb? Warum? Er knirschte mit den Zähnen.

Aus den Ecken der Stube krochen die Dämonen der Vergangenheit hervor und fielen über ihn her. Weshalb mußte ich den Vater verlieren? — Weshalb mußte meine Mutter an diesen Oskar Dortschek geraten? Es gibt ja auch andere, bessere Stiefväter. — Und aus welchem Grunde mußte Hans Schwarz meinen Weg kreuzen und mich in dieses tiefe Elend stürzen? Er sprang auf und machte eine drohende Bewegung mit der Faust. „Wenn ich ihn finden sollte, den Schuft! Dann gnade ihm Gott!" Immer dunkler wurde es im Zimmer und immer dunkler wurden seine Gedanken. Was habe ich denn noch zu verlieren? Was? All das Gute, was mich in der letzten Zeit umgab, ist ja doch nicht für mich bestimmt. Fast ist es schade, daß ich hineingeblickt habe in diese andere, bessere Welt, lehnte er sich auf.

„H—H—Herr Herbst, e—essen kommen", erklang die Stimme des Lehrlings Martin.

Mit einem tiefen Seufzer verließ Rudolf sein Stübchen und ging ins Wohnzimmer. Es wurde eine schweigsame Mahlzeit. Der Meister fragte kurz, ob Rudolfs Weg in die Stadt erfolgreich gewesen sei und erhielt eine ebenso kurze und sehr unbestimmte Antwort. Frau Elfriede Heinze schwieg. Sie ließ ihre guten Augen von einem der Hausgenossen zum anderen wandern. Martin beschäftigte sich ausschließlich mit dem Essen. Hanne hatte verweinte Augen hinter ihren Brillengläsern.

Gleich nach dem Essen stand Rudolf auf und erbat sich vom Meister den Hausschlüssel. „Es ist möglich, daß ich heute erst spät nach Hause komme", sagte er und steckte den Schlüssel in die Tasche. Hanne begab sich in die Küche zum Abwaschen. Nach einer Viertelstunde hörte sie den Gehilfen die Treppe herabkommen, und kurze Zeit darauf klappte die Haustür. Das Mädchen ließ die letzten Teller und Töpfe stehen und lief ins Wohnzimmer. „Herbst ist eben gegangen — er war furchtbar aufgeregt heute nachmittag, und er sah so finster aus. Ich habe Angst um ihn. Ich möchte ihm nachgehen."

„Hanne", sagte der Meister bedächtig, „du bist noch nie am Abend allein in der Stadt gewesen."

„Aber Vater, ich bin kein Kind mehr. Es muß sich doch ein Mensch um ihn kümmern — er ist in Gefahr — ich fühle es."

Der Meister stand auf. „Ich wollte ja nur mitgehen."

„Bleib bei Mutter, ich bitte dich. Glaub mir, dies muß ich allein tun."

„Laß sie gehen, Vater", mischte sich die Kranke ein. „Sie ist auf dem rechten Weg."

Hanne hörte es schon nicht mehr. Sie lief in den Hausflur, holte ihren Mantel von der Flurgarderobe, steckte das Geldtäschchen ein und verließ das Haus.

Auf dem Weg zur Stadt hatte Rudolf Herbst immer wieder das Gefühl, daß jemand hinter ihm her sei. Ein paarmal sah er sich suchend um, aber er entdeckte keinen Menschen, den er kannte. Ich spinne, dachte er, kein Wunder nach einem Tag wie diesem!

In dem Lokal suchte sich Rudolf einen Platz, von dem aus er sowohl die Theke als auch den Eingang im Auge hatte. Der anfänglich noch fast leere Raum füllte sich schnell mit Menschen der verschiedensten Nationalitäten. Amerikaner schienen das vorherrschende Element zu sein. Eine Musikbox dudelte. Und wieder hatte Rudolf das Empfinden, beobachtet zu werden. Daneben spürte er noch etwas anderes. Es war ihm, als stritten in seiner Seele oder um seine Seele Mächte. Sie rissen ihn hin und her. Da war einmal der leidenschaftliche Wunsch, jetzt endlich, nach so langer Zeit, die Spur seines Feindes zu finden, sich an ihm zu rächen — bisher das Hauptziel seines Lebens! Dagegen stritt ein anderes, dem er keinen Namen zu geben vermochte. Er wußte es nicht, er konnte es ja nicht wissen, daß genau zu dieser Stunde um seine Seele gerungen wurde durch das heiße Gebet einer kranken Frau, und daß ein solches Gebet die Kraft hat, vor dem Thron des Höchsten gehört und erhört zu werden. Und er wußte ebenfalls nicht, daß sich ein Mensch den die reinste, selbstloseste Liebe trieb, in seiner nächsten Nähe aufhielt, bereit, über ihn zu wachen und einzugreifen, wann immer es nötig sein sollte.

Im Augenblick saß Hanne Heinze in einer dunklen Ecke des Lokals an einem Tisch mit laut redenden und gestikulierenden jungen Leuten vor einem Glas Apfelsaft und fühlte sich recht unglücklich. Hinter einem Pfeiler verborgen, konnte sie Rudolf Herbst ziemlich gut beobachten, ohne von ihm bemerkt zu werden. Er saß genauso blaß und stumm auf seinem Platz wie zu

Hause beim Abendbrot. Es entging dem Mädchen nicht, daß er das Lokal immer wieder einer genauen Beobachtung unterzog. Vor allem hielt er die Eingangstür unter Kontrolle.

Ein junger, stämmiger Amerikaner hatte schon mehrmals versucht, mit Hanne ein Gespräch anzufangen.

„Sie sind fremd in diesem Lokal, Fräulein?" fragte er in gebrochenem Deutsch. Sie wollte gerade eine kurze, kühle Antwort geben, als ihre Aufmerksamkeit auf eine Gruppe von Männern gelenkt wurde, die sich recht geräuschvoll der Theke näherten. Sie unterhielten sich in typisch amerikanischem Englisch und schienen nicht mehr ganz nüchtern zu sein. Besonders einer tat sich hervor, ein starker Mann mit aufgeworfenen Lippen, um die ein freches Lächeln stand. Den Menschen kenne ich doch, ging es Hanne durch den Kopf. Aber wo — wo nur kann ich ihn gesehen haben? Plötzlich wußte sie es. Auf der Kommode in Rudolf Herbsts Zimmer hatten Fotos gelegen, drei Fotos von dem gleichen Gesicht — und das da drüben war es!

Hanne vergaß alle ihre Vorsicht. Sie beugte sich weit vor, um nach Rudolf zu sehen. Der Schreck fuhr ihr in die Glieder. Das Antlitz des Mannes, den sie liebte, hatte sich beinahe bis zur Unkenntlichkeit verändert. Blanken Haß in den Augen, das Gesicht verzerrt, weiß bis in die Lippen, starrte Rudolf Herbst den Mann vor der Theke an. Er hatte sich erhoben, es sah aus, als wollte er sich auf ihn stürzen.

Alles Blut strömte Hanne Heinze zum Herzen. Sie fühlte, daß etwas Furchtbares im Kommen war. Ihre selbstlose Liebe und ihre Angst wurden zu einem einzigen Gebetsschrei: „Allmächtiger Vater, verhindere es." Sie hatte ihre Hände so fest ineinander verschlungen, daß sie schmerzten. Während sie Gott unaufhörlich anrief, richtete sie den zwingenden Blick ihrer dunklen Augen auf Rudolf Herbst.

Da geschah das Wunder: er wandte den Blick von dem Mann an der Theke ab und ihr zu. Einen Moment lang ruhte Auge in Auge. Die Spannung in Rudolfs Gesicht löste sich, er ließ sich langsam auf seinen Stuhl zurücksinken. Hanne saß noch sekundenlang wie gebannt. Plötzlich wußte sie: die Gefahr war vorüber. Sie fühlte sich wie erlöst, und doch verursachten ihr die überstandene Erregung, der ungewohnte Rauch und das Gedudel der Musikbox Übelkeit. Sie sprang auf und verließ das Lokal.

Wie ein milder Balsam legte sich die Frühlingsluft auf Hannes heiße Stirn. Sie dachte nur immerfort: „Hab Dank, himmlischer Vater, hab Dank!" Dann eilte sie der Straßenbahnhaltestelle zu. Manchmal glaubte sie, Schritte hinter sich zu hören, ebenso eilig wie ihre eigenen, aber sie sah sich nicht um.

Vor der Elektrischen holte Rudolf sie ein. Sie sprachen nicht viel miteinander, während sie sich gegenübersaßen.

„Woher wußten Sie es?" fragte er nur einmal.

„Ich wußte es nicht, ich fühlte es nur", antwortete das Mädchen.

„Es war der Mensch, den ich suchte — und wenn Sie nicht gekommen wären — ich weiß nicht —" Rudolf ließ den Satz unvollendet. — „Weshalb sind Sie mir gefolgt, Fräulein Hanne?" fragte er plötzlich.

„Ich kann es Ihnen nicht erklären."

„Ach, könnte ich Ihnen doch alles sagen, was ich

für Sie empfinde. Aber ich darf es nicht, ich bin mit tausend Stricken gebunden — mit tausend Stricken gebunden."

Das letzte Stück Weges legten sie schweigend zurück. Sie gingen dicht nebeneinander, jedoch ohne sich zu berühren. Im Flur des Heinzeschen Hauses trennten sie sich — Hand lag in Hand, so, als könnten sie sich in Ewigkeit nicht lösen. Dann stieg Rudolf die Treppe empor, zögernd, langsam. —

Wie im Traum stand Rudolf am nächsten Morgen auf und machte sich an seine Arbeit. In der Frühstückspause fiel ihm ein, daß er die Detektei benachrichtigen sollte.

„Darf ich mal telephonieren?" fragte er den Meister.

„Selbstverständlich", sagte Herr Heinze freundlich.

Hanne saß stumm am Tisch. Sie hatte während des Frühstücks kein einziges Wort an Rudolf gerichtet, ja nicht einmal den Blick von ihrem Teller gehoben.

„Sie haben also einen Mann, der gestern abend das angegebene Lokal besuchte, einwandfrei als Hans Schwarz erkannt? Das ist ungeheuer wichtig. Weshalb rufen Sie erst jetzt an? Wir verabredeten doch, daß Sie uns sofort Nachricht geben sollten!" klang es vorwurfsvoll aus der Muschel. Fast hätte Rudolf geantwortet: „Weil etwas anderes mir viel wichtiger war." Aber das würde der Mann am jenseitigen Ende der Leitung natürlich nicht begreifen, und so sagte er nur: „Ich hatte gestern abend keine Gelegenheit mehr."

Wie gut, daß es Donnerstag ist, dachte Rudolf mehrere Male an diesem Tag. Hanne und ihr Vater werden zur Bibelstunde gehen und Martin mitnehmen. So kann ich ungestört mit Frau Heinze sprechen. Voll

Ungeduld zählte er die Stunden bis zum Abend. Endlich war es soweit. Als er nach kurzem Klopfen das Wohnzimmer betrat, wußte er allerdings nicht, wie beginnen. Frau Elfriede nahm ihm die Beklommenheit des Augenblicks ab. Er hatte beinahe das Gefühl, als habe sie ihn erwartet. Mit den Augen deutete sie auf den niederen Sessel, der in ihrer Nähe stand.

„Kommen Sie zu mir. Ich möchte Sie sehen können. — Sie haben gestern den Mann gefunden, den Sie so lange suchten?"

„Ja."

„Und Sie irren sich bestimmt nicht?"

„Nein, bestimmt nicht."

„Haben Sie schon etwas unternommen?"

„Ich benachrichtigte die Detektei — aber darüber wollte ich nicht mit Ihnen sprechen. Es ist —"

„Ich weiß", unterbrach die Kranke, und es huschte ein Lächeln über ihr Gesicht, das ebenso schnell verschwand, wie es gekommen war. „Gestern abend, als Sie fortgegangen waren und Hanne Ihnen nachging, habe ich unentwegt für Sie gebetet. Ich habe Gott angerufen und ihn gebeten, er möge Sie behüten und ein neues Unglück verhindern. Ich hatte an Ihrem Gesicht gesehen, daß Furchtbares in Ihrer Seele vorging."

„Wenn Hanne — wenn Fräulein Heinze nicht gekommen wäre", stieß Rudolf hervor, „ich glaube, ich hätte den Angetrunkenen niedergeschlagen. Ich war gestern so verzweifelt und hoffnungslos."

„Ich wußte es", sagte Frau Heinze. „Sie haben auch nicht die Wahrheit gesprochen, als Sie sagten, daß Sie Hanne nicht liebten."

„Ich habe gelogen", bekannte Rudolf mit nieder-
geschlagenen Augen.

„Aus Liebe zu ihr", bestätigte die Kranke, und über
ihr Gesicht huschte wieder die Andeutung eines Lächelns, das wie ein Sonnenstrahl war. „Ich fühlte den
furchtbaren Aufruhr in Ihrer Seele, und mir war bange
um Sie. Diese Sorge trug ich zu dem, von dem uns
gesagt ist: ‚Alle eure Sorgen werfet auf ihn, denn er
sorgt für euch.' Ich betete während der ganzen Zeit,
in der Sie fort waren — Hanne und Sie. Doch nein,
nicht ganz so lange. Ich will Ihnen erzählen, wie es
gestern abend hier war. Mein Mann, Martin und ich
saßen wie immer hier am Tisch. Der Junge bastelte.
Mein Mann wollte das Schachbrett holen. Wir spielen
manchmal allein miteinander, ich natürlich nur mit den
Augen. Aber gestern bat ich ihn, sich mit etwas an-
derem zu beschäftigen, ich hätte etwas Wichtiges zu
tun. Er verstand mich sofort. Schon einmal sagte ich
Ihnen, daß mein Mann ein gläubiger Christ ist, immer
bereit, sich unter Gottes Willen zu stellen, in kleinen
wie in großen Dingen. Das abendliche Schachspiel zu
lassen, das ihm eine liebe Gewohnheit ist, war ja nicht
so schwer. Aber wie viele Opfer hat er in seinem Leben für mich gebracht — vorher und nachher. Sie wissen schon, was ich meine."

Rudolf nickte stumm. Er dachte an das, was ihm
Frau Heinze an jenem Abend, an dem er zum erstenmal den Weg zu ihr fand, erzählt hatte. Eine Frage
drängte sich ihm auf: „War es Ihr Mann, der Sie damals auf den rechten Weg gebracht hat?"

„In erster Linie wohl. Er lebte ihn mir vor. Aber er
ist kein Mann des Wortes, und so brachte er mir un-

seren Stadtmissionar, der alle meine brennenden Fragen beantwortete und mich Gottes Wort verstehen lehrte. Früher saß ich in seinen Bibelstunden ohne wirkliches Interesse, nur zum äußeren Schein. Jetzt konnte ich den Besuch des gütigen Mannes kaum erwarten. Mein Herz war bis ins Innerste erschüttert. Ich brauchte die helfende Hand des Seelsorgers."

„Aus dem gleichen Grund bin ich heute abend zu Ihnen gekommen — ich mußte mit Ihnen sprechen — auch ich konnte es kaum erwarten", fiel Rudolf Herbst der Kranken ins Wort. „Hat der Stadtmissionar Ihnen helfen können?"

„Gott hat mir geholfen — er hat mich auf den rechten Weg gebracht — den einzigen, der zu ihm führt."

„Oh, zeigen Sie ihn mir, ich bitte Sie!" rief Rudolf aus.

„Jesus Christus spricht: Ich bin der Weg, die Wahrheit und das Leben, niemand kommt zum Vater denn durch mich", sagte die Kranke schlicht. „Aber ich mußte zuvor durch die Tiefe der Sündenerkenntnis. Wie habe ich gezittert bei dem Gedanken: ist meine Schuld nicht zu groß? Wird Gott sie vergeben? Aber dann kam die Hilfe. Kennen Sie den Vers: ‚Wenn bei uns sind der Sünden viel — bei Gott ist viel mehr Gnade'? Plötzlich wußte ich, daß meine Sünde abgewaschen war durch das Blut unseres Heilands Jesus Christus, daß ich erlöst war — angenommen — frei!"

„Ganz frei?" fragte Rudolf Herbst stockend. „Fühlten Sie es mit aller Bestimmtheit?"

„Ich hatte die volle Gewißheit. — Es war in einer Nacht großer Schmerzen. Am Abend zuvor hatte ich ein langes Gespräch mit dem Stadtmissionar gehabt.

Plötzlich trat das Unfaßbare ein. Es war ein Geschenk, groß und überwältigend. Ich brauchte nur zuzugreifen und es anzunehmen. Ich fühlte eine solche Gottesnähe, daß ich mein Leid nicht dagegen hätte tauschen mögen."

Im Zimmer war es still. Nur ab und an klang ein wohliger Laut aus Bellas Hundekorb.

Nach einer Weile sagte die gelähmte Frau mit veränderter Stimme: „Ich wollte Ihnen doch erzählen, wie es gestern abend hier bei uns gewesen ist — ich bin davon abgekommen. Ich sagte schon, daß ich nicht den ganzen Abend betete. Es muß gegen halb zehn Uhr gewesen sein — ja, ich weiß es sogar genau, denn mein Mann sagte gerade zu Martin, es sei Zeit für ihn, zu Bett zu gehen — da wurde ich plötzlich ruhig. Ich hatte das Gefühl, ja, die volle Gewißheit, mein Gebet sei erhört."

„Das war — genau zu der Zeit habe ich Fräulein Hanne gesehen!" Rudolf stieß es in höchster Erregung hervor. „Auch ich habe auf die Uhr gesehen, während ich aufstand, um das Lokal zu verlassen. Sie hing über dem Schanktisch und zeigte ein paar Minuten nach halb zehn."

Schluchzend schlug der große kräftige Mensch beide Hände vor das Gesicht. „Was wäre aus mir geworden, wenn ich Hanne nicht gesehen — wenn Sie nicht für mich gebetet hätten! Ich wäre ein Mörder geworden!" Mit großen, entsetzten Augen blickte er die Kranke an. „Ich war ja schon ein Mörder — in meinem Herzen."

Frau Heinze erwiderte kein Wort. Sie wußte, daß Menschen zu schweigen haben, wenn Gott selbst spricht.

In Rudolfs Innerem stürzten Gedanken und Gefühle durcheinander. So also stand es um ihn! Er, der sich vollkommen unschuldig gefühlt hatte — was war er in Wirklichkeit? Doch ein Mörder! Seine Gedanken irrten zurück. Schon einmal hatte er Ähnliches wie am gestrigen Abend erlebt. — Er sah sich wieder im Flur der Dortschekschen Wohnung stehen, bereit, seinen Stiefvater niederzuschlagen, wenn ihn nicht im letzten Augenblick ein Ton zurückgehalten hätte, der Seufzer eines Kindes, seiner kleinen Schwester Sonja, des ersten Menschen, der an ihn geglaubt hatte. Rudolf schauderte es. Ein Mörder war er, ein zwiefacher Mörder sogar. „Kann Gott eine so schwere Sünde vergeben?" brachte er schließlich heraus.

„Das Blut Christi macht uns rein von aller Sünde", entgegnete die Gelähmte.

„Auch wenn es Mord ist?"

„Es heißt: ‚... von aller Sünde.'"

Der Hausschlüssel drehte sich im Schloß.

„Sie kommen", flüsterte Rudolf gepreßt. „Ich möchte ihnen heute abend nicht gern begegnen — aber wer trägt Sie?"

„Überlassen Sie es diesmal meinem Mann und meiner Tochter. Nun gehen Sie, und es segne Sie unser Heiland Jesus Christus, der die Macht hat, alle Sünden zu vergeben und alle Finsternis zu vertreiben."

In dieser Nacht wollte Rudolf Herbst nicht schlafen. Er ging seinem Leben nach von Anfang an — aber er sah es jetzt aus einer anderen Sicht. Wo bisher nur Dunkel und Ausweglosigkeit gewesen waren, begann sich vor seinem inneren Auge ein Weg abzuzeichnen, undeutlich noch, oft verschattet und von Hindernissen verstellt — aber ein Weg war es doch. Er sah den Garten seiner Kindheit, behütet von treuer Vaterliebe — war es nicht eine Gnade, überhaupt einmal eine solche Liebe besessen zu haben? Nicht alle Kinder hatten sie. Zum zweitenmal an diesem Abend dachte er an seine kleine Schwester Sonja, die so viel entbehrte. — Auch die Mutter war gut zu ihm gewesen damals — soweit sie es vermochte. Es kann niemand mehr geben, als er selber hat. Und war es nicht auch für die Mutter ein furchtbares Unglück, den guten und geliebten Mann zu verlieren? Arme, kleine, schwache Mutter, dachte er, zum erstenmal von sich selbst absehend. Wie Geringes hatte sie eingetauscht trotz des äußeren Wohlstandes! — Als seine Gedanken die Zeit der Kerkerhaft streiften, hätten sie sich beinahe wieder im Dschungel verloren. Zehn Jahre! Oh, mein Gott, zehn Jahre! Aber es war seltsam in dieser Nacht — der Weg verlor sich nicht, er wurde aufs neue sichtbar. Konnte es nicht sein, daß ihn diese Jahre vor etwas bewahrt hatten? Wie hätte er das Zusammenleben mit Dortschek ertragen, ohne schlecht zu werden — wirklich schlecht? Vielleicht war diese Zeit zu verstehen als eine Art Schutzhaft? Freilich eine bitter schwere und lange! Er seufzte, aber dann dachte er an Frau Heinze. Wie lange saß sie schon gelähmt auf ihrem Stuhl? Fünfzehn Jahre! Und wie lange würde sie noch sitzen? Lebenslänglich! — Oh, er wußte, was es hieß: lebenslänglich! Er besaß seine gesunden Glieder, konnte sie regen, konnte schaffen, konnte hinausgehen in Gottes freie Welt. Wie kurz erschienen ihm in diesem Licht die vergangenen zehn Jahre! — Dann — die erste seltsame Bewahrung im Hause seines Stiefvaters. Damals hatten sich noch keine betenden Hände über ihm gefaltet, aber die Hand Gottes hatte sich schon nach ihm ausgestreckt und ihn zurückgehalten. Ja, sie war es gewesen, und sie hatte ihn weitergeführt — zuerst zu Fräulein Schreiber und durch sie zu Herrn Model, seinem väterlichen Freund. Ganz sichtbar wurde der Weg, an dessen Ende dieses gesegnete Haus stand, dessen schützende Mauern ihn jetzt bargen und in dem es eine Hanne Heinze gab, die ihm nachgegangen war in selbstloser Liebe. Sicher hatte Gott sie als persönlichen Boten geschickt, der bestimmt war, ihn vor einer schlimmen Tat zu bewahren. Das war sein Weg — und er führte zum Vater.

An all das dachte Rudolf Herbst in dieser Nacht der inneren Umkehr — nur an eines nicht: an seine Rache und an den Menschen, den er verfolgt und endlich gefunden hatte.

Plötzlich verspürte er jetzt das Bedürfnis, zu beten — ach, er hatte es ja verlernt. Nur ein Gebet fiel ihm ein: „Vater unser, der du bist im Himmel . . ." — Vater! Mein Vater! Ich habe einen Vater! — „Geheiligt werde dein Name . . ." — Darf ich so beten? Auch ich unheiliger Mensch? — „Dein Reich komme . . ." — Ja, o ja, nichts ist wichtiger als das.

„Dein Wille geschehe auf Erden wie im Himmel . . ." — Dein guter, dein gnädiger Wille! Ich hatte ihn nicht erkannt, wie oft habe ich mich gegen ihn aufgelehnt, ich armer, törichter Mensch. — „Unser täglich Brot gib uns heute . . ." — Und wie gnädig gabst du es mir in diesem lieben Haus, das du segnen mögest! „Und vergib uns unsere Schuld . . ." — Ja, vergib mir, vergib mir meine blutrote Schuld!

Dann stockte er und dachte an Hans Schwarz — zum
erstenmal in dieser Nacht. Aber der Gedanke konnte
ihn nicht mehr in die Irre führen. Mit lauter, deutlicher
Stimme betete er weiter: „. . . wie auch wir vergeben
unseren Schuldigern."

Draußen begann es bereits zu dämmern, als Rudolf
Herbst endlich zu Bett ging. Eine wohltuende Müdig-
keit senkte sich auf ihn herab. Am Sonntag gehe ich zu
Herrn Model, dachte er noch, dann schlief er ein.

Bis zum Sonntag geschah viel, die Ereignisse häuften
sich geradezu. Die Samstagzeitungen brachten einiges
davon in großer Aufmachung auf der ersten Seite:
„Aufklärung der Serie
von Bankraub, Postdiebstahl, Raubmord
unmittelbar bevorstehend!
Der Polizei ist es unter Mithilfe eines hiesigen
Detektivunternehmens gelungen, den Chef der Bande
zu ermitteln: Jonny Black alias Hans Schwarz. Es ist
zu hoffen, daß durch diese Verhaftung eine ganze
Reihe von Verbrechen, die zum Teil schon weit zurück-
liegen, ihre Aufklärung finden. Die deutsche Polizei
arbeitet fieberhaft, auch die Interpol ist eingeschaltet,
um eventuell ins Ausland fliehende Komplizen un-
schädlich zu machen."

Weiter las Hanne Heinze nicht, denn ihre Augen
fielen auf das große Bild in der Zeitung, und sie erkannte es sofort. Sie ließ alles stehen und liegen und
stürzte in die Werkstatt.

„Herr Herbst, Rudolf, kommen Sie schnell — schnell
— schnell — sie haben ihn! Es steht in der Zeitung."

Drei Augenpaare hinter dunklen Schutzbrillen starrten das Mädchen an. Vater Heinze stellte den Elektromotor ab.

„Wen haben sie, Hanne?" fragte er.

„Den Verbrecher — diesen Mann, der einmal Herrn Herbst —"

Erschrocken hielt sie inne und blickte auf Martin.

„Steht das in der Zeitung?" fragte der Meister, der immer eine gewisse Zeit brauchte, um eine Situation zu erfassen.

„Das natürlich nicht", sagte Hanne noch immer atemlos. „Aber es ist derselbe, ich habe ihn nach dem Bild erkannt."

„Wir wollen mit dieser Arbeit Schluß machen, sie würde heute sowieso nicht mehr fertig. Martin und ich nehmen uns etwas anderes vor, und Sie, Herbst, hören für heute auf. Gehen Sie ins Haus und lesen Sie erst mal, was in der Zeitung steht. Vielleicht müssen Sie sofort Schritte unternehmen." Aufmunternd nickte Vater Heinze Rudolf zu, als er sah, daß dieser zögerte. „Gehen Sie, für heute haben Sie frei."

Rudolf betrat hinter der Haustochter das Kontor. Er nahm die Zeitung in die Hand und las, einmal, zweimal, so, als könne er nur langsam fassen, was dort stand.

Mit leidenschaftlicher Anteilnahme hingen Hannes Augen an dem blassen, fast unbeweglichen Gesicht des Mannes. Weshalb sagte er nichts? Die Nachricht mußte ihn doch bis ins Innerste erregen, dachte sie.

Das Telephon schrillte.

„Für Sie, Herr Herbst." Hanne reichte Rudolf den Hörer, blieb aber dicht neben ihm stehen. Die lange Rede vom anderen Ende der Leitung konnte sie nicht verstehen, aber dann hörte sie Rudolf sprechen. Ganz ruhig klang seine Stimme, leidenschaftslos. Heute würde es wohl doch zu spät sein, es sei ja schon elf Uhr. Vielleicht gäbe ihm der Meister am Montag früh frei, dann könne er sofort kommen. Wenn das recht sei? — Dann also bis Montag!

Gleich nach diesem Gespräch klingelte das Telephon zum zweitenmal. Fragend blickte Rudolf das Mädchen an, es stand noch immer dicht neben ihm. Hanne nickte und so meldete er sich: „Hier bei Heinze."

Es war Herr Model. So aufgeregt hatte Rudolf die Stimme des Hausvaters noch nie gehört.

„Was sagen Sie jetzt? Haben Sie gelesen? Ich habe mich sofort mit der Detektei in Verbindung gesetzt. Könnten Sie herkommen? Am besten gleich? Sie essen bei uns zu Mittag. Frau Meister wird sich freuen. Den Nachmittag halte ich mir frei, und wir machen einen weiten Spaziergang, auf dem wir alles miteinander besprechen können. Paßt es Ihnen? Sagen Sie schnell ja."

„Ich wäre sowieso zu Ihnen gekommen, Herr Model", hörte Hanne Rudolf sagen. „Aber ich komme auch gern sofort und nehme die Einladung zum Mittagessen an. Ich muß mich nur schnell umziehen. In einer Stunde könnte ich bei Ihnen sein."

Die Wangen des Mädchens, die bis jetzt hochrot von der Erregung gewesen waren, erbleichten. Nicht zu ihr trieb es ihn. Jetzt, wo sein Leben vielleicht im Begriff stand, in völlig neue Bahnen zu kommen, wollte er nicht mit ihr darüber sprechen, sondern mit einem anderen Menschen.

Rudolf legte den Hörer auf die Gabel zurück und sah die Haustochter an. Einen Augenblick lang standen die beiden jungen Menschen Auge in Auge, dann blickte Hanne zur Seite und machte eine Bewegung, als wolle sie fortgehen. Plötzlich verstand Rudolf, was in ihr vorging.

„Fräulein Hanne", sagte er zaghaft und griff nach des Mädchens Hand, „bei allem, was ich tue, ob ich hier bin oder woanders — Sie sind immer dabei." Er suchte nach den richtigen Worten. „Sehen Sie, ich weiß ja noch gar nicht, ob sich jetzt für mich etwas ändern wird — ich meine", verbesserte er sich, „ob sich äußerlich etwas ändern wird, denn innerlich ist alles neu geworden. Aber wenn mir ein Mensch helfen und raten kann, dann ist es Herr Model. Er hat mir ja schon einmal den richtigen Weg gezeigt, den Weg in Ihr Haus und damit den Weg zu Gott. Es ist — ich dachte — wenn er mir auch diesmal helfen könnte, dann wäre es doch vielleicht nicht bloß für mich allein, sondern für uns beide."

Das Blut war in Hannes Gesicht zurückgekehrt, rosig und jung sah es aus. „Gehen Sie, Herr Herbst, gehen Sie, Rudolf — aber für mich wären Sie auch so recht gewesen." —

Sie machten einen Spaziergang weit über die Höhen, die die Stadt umgaben. Die Birken schimmerten im hellen Frühlingskleid, die Kätzchen hatten schon ihren gelben Staub abgeworfen, und zu ihren Füßen leuchtete das Weiß der Anemonen. Rudolf erzählte dem väterlichen Freund von den letzten Monaten im Heinzeschen Hause.

„Ich habe es also recht gemacht, Sie dorthin zu bringen", sagte der Hausvater glücklich. „Ich glaubte, daß Ihnen nichts so sehr helfen könnte wie dieses gelebte

Christentum, das Sie dort sehen würden —"

Rudolf hielt im Schreiten inne und blickte seinen Begleiter von der Seite an.

„Ich hatte es doch schon bei Ihnen gespürt, wenn ich sah, wie Sie mit den schwierigsten Heiminsassen fertig wurden, mit den alten Frauen aus dem Altersheim und mit einem so verzweifelten Menschen wie mir. Am Sylvesterabend sprachen Sie mir davon" — er dachte einen Augenblick nach, bevor er fortfuhr — „ich glaube, damals haben Sie das Samenkorn in mich gelegt. Und dann kamen diese Monate im Heinzeschen Hause, die mich Schritt für Schritt weiterbrachten — aber den wirklichen Durchbruch erlebte ich vor drei Tagen."

Gespannt und mit dem Herzen lauschend ging Eberhard Model neben seinem jungen Begleiter. Sie durchwanderten jetzt einen dunklen Nadelwald, der sie mit seinem Schatten kühl und feierlich umfing. Rudolf erzählte dem väterlichen Freund von seiner Wiederbegegnung mit Hans Schwarz, von der furchtbaren Versuchung, die ihn plötzlich überfallen hatte, von der gnädigen Bewahrung, die ihm Gott dann zuteil werden ließ.

„Aber das größere Wunder kommt noch. Am nächsten Abend sprach Frau Heinze mit mir. Wie Schuppen fiel es von meinen Augen, und ich erkannte, daß ich, der ich mich immer so unschuldig gefühlt hatte, in Wahrheit ein großer Sünder war. Ich bekannte meine Schuld und weiß, daß sie abgewaschen und vergeben ist durch das Blut unseres Heilandes Jesus Christus."

Rudolf blickte in das Waldesdunkel, das sich in der Ferne schon wieder zu lichten begann.